你最感興趣的
韓語會話

雅典韓研所/企編

사랑해요. 여러분이 가장 관심있는 한국어 회화

國家圖書館出版品預行編目資料

撒郎嘿喲-你最感興趣的韓語會話 / 雅典韓研所編著
-- 初版. -- 新北市：雅典文化，民105.02
面； 公分. --（全民學韓語；25）
ISBN 978-986-5753-60-3(平裝附光碟片)

1. 韓語　　　2. 讀本

803.28　　　　　　　　　　　　　　104027466

全民學韓語　2 5

撒郎嘿喲-你最感興趣的韓語會話

編著／雅典韓研所
責編／呂欣穎
美術編輯／王國卿
封面設計／姚恩涵

法律顧問：方圓法律事務所／涂成樞律師

總經銷：永續圖書有限公司
永續圖書線上購物網
www.foreverbooks.com.tw

CVS代理／美璟文化有限公司
TEL：（02）2723-9968
FAX：（02）2723-9668

出版日／2016年02

ⓐ雅典文化

出版社

22103　新北市汐止區大同路三段194號9樓之1
TEL　（02）8647-3663
FAX　（02）8647-3660

韓文字是由基本母音、基本子音、複合母音、氣音和硬音所構成。

其組合方式有以下幾種:

1. 子音加母音,例如:저(我)
2. 子音加母音加子音,例如:밤(夜晚)
3. 子音加複合母音,例如:위(上)
4. 子音加複合母音加子音,例如:관(官)
5. 一個子音加母音加兩個子音,如:값(價錢)

簡易拼音使用方式:

1. 為了讓讀者更容易學習發音,本書特別使用「簡易拼音」來取代一般的羅馬拼音。
   規則如下,
   例如:
   그러면 우리 집에서 저녁을 먹자.
   geu.reo.myeon/u.ri/ji.be.seo/jeo.nyeo.geul/meok.jja
   ----------普遍拼音
   geu.ro*.myo*n/u.ri/ji.be.so*/jo*.nyo*.geul/mo*k.jja
   ------------簡易拼音
   那麼,我們在家裡吃晚餐吧!

   文字之間的空格以「/」做區隔。
   不同的句子之間以「//」做區隔。

基本母音：

	韓國拼音	簡易拼音	注音符號
ㅏ	a	a	ㄚ
ㅑ	ya	ya	ㄧㄚ
ㅓ	eo	o*	ㄛ
ㅕ	yeo	yo*	ㄧㄛ
ㅗ	o	o	ㄡ
ㅛ	yo	yo	ㄧㄡ
ㅜ	u	u	ㄨ
ㅠ	yu	yu	ㄧㄨ
ㅡ	eu	eu	(ㄜ)
ㅣ	i	i	ㄧ

特別提示：

1. 韓語母音「ㅡ」的發音和「ㄜ」發音類似，但是嘴型要拉開，牙齒要咬住，才發的準。
2. 韓語母音「ㅓ」的嘴型比「ㅗ」還要大，整個嘴巴要張開成「大O」的形狀，
「ㅗ」的嘴型則較小，整個嘴巴縮小到只有「小o」的嘴型，類似注音「ㄡ」。
3. 韓語母音「ㅕ」的嘴型比「ㅛ」還要大，整個嘴巴要張開成「大O」的形狀，
類似注音「ㄧㄛ」，「ㅛ」的嘴型則較小，整個嘴巴縮小到只有「小o」的嘴型，類似注音「ㄧㄡ」。

基本子音：

	韓國拼音	簡易拼音	注音符號
ㄱ	g,k	k	ㄎ
ㄴ	n	n	ㄋ
ㄷ	d,t	d,t	ㄊ
ㄹ	r,l	l	ㄌ
ㅁ	m	m	ㄇ
ㅂ	b,p	p	ㄆ
ㅅ	s	s	ㄙ,(ㄒ)
ㅇ	ng	ng	不發音
ㅈ	j	j	ㄗ
ㅊ	ch	ch	ㄘ

特別提示：

1. 韓語子音「ㅅ」有時讀作「ㄙ」的音，有時則讀作「ㄒ」的音。「ㄒ」音是跟母音「ㅣ」搭在一塊時，才會出現。
2. 韓語子音「ㅇ」放在前面或上面不發音；放在下面則讀作「ng」的音，像是用鼻音發「嗯」的音。
3. 韓語子音「ㅈ」的發音和注音「ㄗ」類似，但是發音的時候更輕，氣更弱一些。

氣音：

	韓國拼音	簡易拼音	注音符號
ㅋ	k	k	ㄎ
ㅌ	t	t	ㄊ
ㅍ	p	p	ㄆ
ㅎ	h	h	ㄏ

特別提示：

1. 韓語子音「ㅋ」比「ㄱ」的較重，有用到喉頭的音，音調類似國語的四聲。
   ㅋ＝ㄱ＋ㅎ

2. 韓語子音「ㅌ」比「ㄷ」的較重，有用到喉頭的音，音調類似國語的四聲。
   ㅌ＝ㄷ＋ㅎ

3. 韓語子音「ㅍ」比「ㅂ」的較重，有用到喉頭的音，音調類似國語的四聲。
   ㅍ＝ㅂ＋ㅎ

複合母音：

	韓國拼音	簡易拼音	注音符號
ㅐ	ae	e*	ㄝ
ㅒ	yae	ye*	ㄧㄝ
ㅔ	e	e	ㄟ
ㅖ	ye	ye	ㄧㄟ
ㅘ	wa	wa	ㄨㄚ
ㅙ	wae	we*	ㄨㄝ
ㅚ	oe	we	ㄨㄟ
ㅞ	we	we	ㄨㄟ
ㅝ	wo	wo	ㄨㄛ
ㅟ	wi	wi	ㄨㄧ
ㅢ	ui	ui	ㄜㄧ

特別提示：

1. 韓語母音「ㅐ」比「ㅔ」的嘴型大，舌頭的位置比較下面，發音類似「ae」;「ㅔ」的嘴型較小，舌頭的位置在中間，發音類似「e」。不過一般韓國人讀這兩個發音都很像。

2. 韓語母音「ㅒ」比「ㅖ」的嘴型大，舌頭的位置比較下面，發音類似「yae」;「ㅖ」的嘴型較小，舌頭的位置在中間，發音類似「ye」。不過很多韓國人讀這兩個發音都很像。

3. 韓語母音「ㅚ」和「ㅞ」比「ㅙ」的嘴型小些，「ㅙ」的嘴型是圓的;「ㅚ」、「ㅞ」則是一樣的發音。不過很多韓國人讀這三個發音都很像，都是發類似「we」的音。

硬音 :

	韓國拼音	簡易拼音	注音符號
ㄲ	kk	g	ㄍ
ㄸ	tt	d	ㄉ
ㅃ	pp	b	ㄅ
ㅆ	ss	ss	ㄙ
ㅉ	jj	jj	ㄗ

特別提示 :

1. 韓語子音「ㅆ」比「ㅅ」用喉嚨發重音，音調類似國語的四聲。
2. 韓語子音「ㅉ」比「ㅈ」用喉嚨發重音，音調類似國語的四聲。

*表示嘴型比較大

1 Chapter

愛情篇
사랑은 아름다운 행복이라 믿습니다.
我相信愛情是美麗的幸福。

2 Chapter

追星篇

오빠들 화이팅! 언제나 응원하겠습니다.

哥哥們加油！我會一直為你們加油！

3 Chapter

都市篇
내가 앞으로 살고 싶은 도시는 어디일까?
我以後想住的都市是哪裡呢？

4 Chapter

自然環境篇
자연환경을 지키는 것이 우리의 의무입니다.
守護自然環境是我們的義務。

5 Chapter

玩樂篇

일할 땐 열심히 일하고 놀 땐 신나게 잘 놀아
야 한다.

工作的時候認真工作，玩的時候就要好好地玩！

6 Chapter

生活篇
지루한 생활에 활력소를 넣어 주자.
在無聊的生活裡添加一點活力元素吧！

1

愛情篇

사랑은 아름다운 행복이라 믿습니다.

我相信愛情是美麗的幸福。

文章體－有尾音名詞＋이다

사랑이다.

是愛情

解析

中文和韓文語順不同喔！用韓語說「是愛情」時，順序要反過來「愛情是」。사랑（愛情）＋이다（是）

例 커플이다.
ko*.peu.ri.da
是情侶。

例 독신이다.
dok.ssi.ni.da
是單身。

例 신랑이다.
sil.lang.i.da
是新郎。

例 커플링이다.
ko*.peul.ling.i.da
是情侶戒。

例 남편이다.
nam.pyo*.ni.da
是老公。

文章體 – 無尾音名詞＋다

연애다.
是戀愛

解析

句型一樣是名詞在前，敘述格助詞이다（是）在後。
但如果前面的名詞沒有尾音，則이다的이可省略。연
애（戀愛）＋다（是）

例 신부다.
sin.bu.da
是新娘。

例 키스다.
ki.seu.da
是吻。

例 아내다.
a.ne*.da
是妻子。

例 프로포즈다.
peu.ro.po.jeu.da
是求婚。

例 미녀다.
mi.nyo*.da
是美女。

文章體－有尾音名詞＋이 아니다

짝사랑이 아니다.

不是單戀

解析

語順一樣相反過來，名詞在前，아니다（不是）在後。有尾音的名詞後方要接主格助詞이。

例 이혼이 아니다.
i.ho.ni/a.ni.da
不是離婚。

例 천생연분이 아니다.
cho*n.se*ng.yo*n.bu.ni/a.ni.da
不是天生一對。

例 연애감정이 아니다.
yo*.ne*.gam.jo*ng.i/a.ni.da
不是戀愛感情。

例 재혼이 아니다.
je*.ho.ni/a.ni.da
不是再婚。

例 결혼기념일이 아니다.
gyo*l.hon.gi.nyo*.mi.ri/a.ni.da
不是結婚紀念日。

文章體 – 無尾音名詞＋가 아니다

삼각관계가 아니다.

不是三角戀關係

解析

語順一樣相反過來，名詞在前，아니다（不是）在後。沒有尾音的名詞後方要接主格助詞가。

例 동성연애가 아니다.
dong.so*ng.yo*.ne*.ga/a.ni.da
不是同性戀。

例 연애편지가 아니다.
yo*.ne*.pyo*n.ji.ga/a.ni.da
不是情書。

例 내 남자가 아니다.
ne*/nam.ja.ga/a.ni.da
不是我的男人。

例 내 여자가 아니다.
ne*/yo*.ja.ga/a.ni.da
不是我的女人。

例 발렌타인 데이가 아니다.
bal.len.ta.in/de.i.ga/a.ni.da
不是情人節。

非格式體尊敬形終結語尾 – 有尾音名詞＋이에요.

첫사랑이에요.

是初戀

解析

一般為了尊敬聽話者，說話者會使用「非格式體尊敬形終結語尾」。이다（是）的非格式體尊敬形終結語尾形態有「이에요」和「예요」兩種，有尾音的名詞後方接「이에요」。

例 이상형이에요.

i.sang.hyo*ng.i.e.yo

是理想型。

例 애정이에요.

e*.jo*ng.i.e.yo

是愛情。

例 고백이에요.

go.be*.gi.e.yo

是告白。

例 추억이에요.

chu.o*.gi.e.yo

是回憶。

例 장미꽃이에요.

jang.mi.go.chi.e.yo

是玫瑰花。

非格式體疑問形終結語尾 – 有尾音名詞＋이에요?

약혼이에요?
是訂婚嗎?

解析

「非格式體尊敬形終結語尾」也可以使用在疑問句
上，發音時，句尾音調上揚。

例 결혼이에요?
gyo*l.ho.ni.e.yo
是結婚嗎?

例 애인이에요?
e*.i.ni.e.yo
是戀人嗎?

例 실연이에요?
si.ryo*.ni.e.yo
是失戀嗎?

例 소개팅이에요?
so.ge*.ting.i.e.yo
是（一對一）聯誼嗎?

例 임신이에요?
im.si.ni.e.yo
是懷孕嗎?

非格式體尊敬形終結語尾 － 無尾音名詞＋에요.

여자친구예요.

是女朋友

解析

一般為了尊敬聽話者，說話者會使用「非格式體尊敬形終結語尾」。이다（是）的非格式體尊敬形終結語尾形態有「이에요」和「예요」兩種，無尾音的名詞後方接「예요」。

例 반지예요.

　　ban.ji.ye.yo

　　是戒指。

例 연모예요.

　　yo*n.mo.ye.yo

　　是愛慕。

例 약혼자예요.

　　ya.kon.ja.ye.yo

　　是未婚夫。

例 약혼녀예요.

　　ya.kon.nyo*.ye.yo

　　是未婚妻。

例 혼수예요.

　　hon.su.ye.yo

　　是嫁妝。

非格式體疑問形終結語尾 – 無尾音名詞 + 예요?

남자친구예요?
是男朋友嗎?

解析

「非格式體尊敬形終結語尾」也可以使用在疑問句上，發音時，句尾音調上揚。

例 데이트예요?
de.i.teu.ye.yo
是約會嗎?

例 신랑 들러리예요?
sil.lang/deul.lo*.ri.ye.yo
是伴郎嗎?

例 신부 들러리예요?
sin.bu/deul.lo*.ri.ye.yo
是伴娘嗎?

例 웨딩 드레스예요?
we.ding/deu.re.seu.ye.yo
是結婚禮服嗎?

例 웨딩 케이크예요?
we.ding/ke.i.keu.ye.yo
是結婚蛋糕嗎?

實用會話 – 告白

사랑의 고백
愛的告白

例 우리 사귀자.
u.ri/sa.gwi.ja
我們交往吧。

例 좋아해. 준수야.
jo.a.he*//jun.su.ya
我喜歡你，俊秀。

例 내가 너를 사랑하나 봐.
ne*.ga/no*.reul/ssa.rang.ha.na/bwa
我似乎愛上你了。

例 난 너를 좋아해.
nan/no*.reul/jjo.a.he*
我喜歡你。

例 예전부터 좋아했었어.
ye.jo*n.bu.to*/jo.a.he*.sso*.sso*
我從以前就喜歡你了。

例 당신은 웃는 모습이 너무 예뻐요.
dang.si.neun/un.neun/mo.seu.bi/no*.mu/ye.bo*.yo
你笑的模樣美極了。

例 당신을 위해 모든 걸 할 수 있어요.
dang.si.neul/wi.he*/mo.deun/go*l/hal/ssu/i.sso*.yo
為了你，我什麼都願意做。

例 난 너를 지켜 주고 싶어.

nan/no*.reul/jji.kyo*/ju.go/si.po*

我想守護你。

例 너만 사랑해.

no*.man/sa.rang.he*

我只愛你一人。

사귀다	**動詞**	交往、結交
좋아하다	**動詞**	喜歡
사랑하다	**動詞**	愛
웃다	**動詞**	笑
지키다	**動詞**	守護、遵守

實用會話 – 交往

> 연애 중
> **戀愛中**

例 정말 보고 싶어요.
jo*ng.mal/bo.go/si.po*.yo
我很想你。

例 지금 나올래? 보고 싶어.
ji.geum/na.ol.le*//bo.go/si.po*
你要出來嗎？想你了。

例 다시 전화할게.
da.si/jo*n.hwa.hal.ge
我再打電話給你。

例 타. 집까지 데려다 줄게.
ta//jip.ga.ji/de.ryo*.da/jul.ge
上車，我送妳回家。

例 우리는 서로 사랑한다.
u.ri.neun/so*.ro/sa.rang.han.da
我們彼此相愛。

例 어디 가고 싶은데 있어?
o*.di/ga.go/si.peun.de/i.sso*
你有想去的地方嗎？

例 일이 끝나면 전화해.
i.ri/geun.na.myo*n/jo*n.hwa.he*
工作結束後打電話給我吧。

例 내가 널 얼마나 좋아하는지 알지?
ne*.ga/no*l/o*l.ma.na/jo.a.ha.neun.ji/al.jji
你知道我有多愛你吧？

例 난 네 모든 것을 사랑해.
nan/ni/mo.deun/go*.seul/ssa.rang.he*
我愛你的一切。

例 우리 집에 잠깐 들렀다가 갈래?
u.ri/ji.be/jam.gan/deul.lo*t.da.ga/gal.le*
要不要來我家坐一下再走？

例 자기랑 있으면 행복해질 수 있을 것 같아.
ja.gi.rang/i.sseu.myo*n/he*ng.bo.ke*.jil/su/i.sseul/
go*t/ga.ta
跟你在一起，我想我會幸福的。

戀愛經典對話
• track 017

Ⓐ 오빠, 뭐해? 보고 싶어.
o.ba//mwo.he*//bo.go/si.po*
哥，你在做什麼？想你了。

Ⓑ 그래, 나도 너무 보고 싶다.
geu.re*//na.do/no*.mu/bo.go/sip.da
恩，我也很想你。

Ⓑ 어디야? 오빠가 데리러 갈게.
o*.di.ya//o.ba.ga/de.ri.ro*/gal.ge
你在哪，我去接你。

Ⓐ 아니야, 오빠 바쁘잖아.

a.ni.ya//o.ba/ba.beu.ja.na

不用啦，你很忙不是？

Ⓐ 이렇게 목소리를 들으면 돼.

i.ro*.ke/mok.sso.ri.reul/deu.reu.myo*n/dwe*

像這樣聽你的聲音就夠了。

Ⓑ 바보야. 오빠가 지금 갈 수 있어.

ba.bo.ya//o.ba.ga/ji.geum/gal/ssu/i.sso*

小笨蛋，我現在可以過去。

Ⓑ 맛있는 거 사 줄게. 뭐 먹고 싶은 거 있어?

ma.sin.neun/go*/sa/jul.ge//mwo/mo*k.go/si.peun/
go*/i.sso*

買好吃的給你，想吃什麼？

Ⓐ 떡볶이랑 순대 사 줘. 고마워, 오빠!

do*k.bo.gi.rang/sun.de*/sa/jwo//go.ma.wo//o.ba

買辣炒年糕和血腸。謝謝啦！

實用會話 – 求婚

연인에게 프로포즈하기
向愛人求婚

例 우리 결혼할까?
u.ri/gyo*l.hon.hal.ga
跟我結婚好嗎？

例 나와 결혼할래요?
na.wa/gyo*l.hon.hal.le*.yo
你要跟我結婚嗎？

例 저와 결혼해 주실래요?
jo*.wa/gyo*l.hon.he*/ju.sil.le*.yo
你願意跟我結婚嗎？

例 우리 결혼하자.
u.ri/gyo*l.hon.ha.ja
我們結婚吧。

例 우리, 결혼 할 거지?
u.ri//gyo*l.hon/hal/go*.ji
我們會結婚吧？

例 나랑 평생을 함께 살래?
na.rang/pyo*ng.se*ng.eul/ham.ge/sal.le*
你願意跟我一起過下半輩子嗎？

例 매일 너만 사랑하고 싶어.
me*.il/no*.man/sa.rang.ha.go/si.po*
我想每天愛你。

例 앞으로도 널 계속 사랑할 거야.

a.peu.ro.do/no*l/ge.sok/sa.rang.hal/go*.ya

我以後也會繼續愛你。

例 그 어떤 것도 당신을 대신할 수 없어요!

geu/o*.do*n/go*t.do/dang.si.neul/de*.sin.hal/ssu/o*
p.sso*.yo

任何事物都無法取代你。

例 당신이 무엇을 하든지 난 항상 당신의 편
이에요.

dang.si.ni/mu.o*.seul/ha.deun.ji/nan/hang.sang/
dang.si.nui/pyo*.ni.e.yo

你不管做什麼，我永遠都支持你。

這種說法也一起背下來吧

중매 결혼	仲媒結婚
jung.me*/gyo*l.hon	

연애 결혼	戀愛結婚
yo*.ne*/gyo*l.hon	

정략 결혼	政治結婚、政略結婚
jo*ng.nyak/gyo*l.hon	

속도위반 결혼	奉子結婚、先有後婚
sok.do.wi.ban/gyo*l.hon	

實用會話 - 分手

사랑 이별
愛的離別

例 우리 헤어지자.
u.ri/he.o*.ji.ja
我們分手吧。

例 우리 끝내자.
u.ri/geun.ne*.ja
我們結束吧。

例 우리 그냥 친구로 지내자.
u.ri/geu.nyang/chin.gu.ro/ji.ne*.ja
我們當朋友就好。

例 우리 다시는 만나지 말자.
u.ri/da.si.neun/man.na.ji/mal.jja
我們不要再見面了。

例 내 눈앞에서 안 보였으면 좋겠어.
ne*/nu.na.pe.so*/an/bo.yo*.sseu.myo*n/jo.ke.sso*
你最好不要出現在我的眼前。

例 이제 더 이상 안 되겠어.
i.je/do*/i.sang/an/dwe.ge.sso*
不能再這樣下去了。

例 나, 실연 당했어.
na//si.ryo*n/dang.he*.sso*
我失戀了。

例 이혼합시다.

i.hon.hap.ssi.da

我們離婚吧。

例 난 너와 대화가 안 돼.

nan/no*.wa/de*.hwa.ga/an/dwe*

我無法跟你溝通。

例 다른 좋아하는 사람이 생겼어요.

da.reun/jo.a.ha.neun/sa.ra.mi/se*ng.gyo*.sso*.yo

我有其他喜歡的人了。

例 오빠와 헤어질 수 없어요.

o.ba.wa/he.o*.jil/su/o*p.sso*.yo

我不能跟哥哥你分手。

分手經典對話

• track 020

Ⓐ 여보세요? 오빠?

yo*.bo.se.yo//o.ba

喂？哥？

Ⓑ 그래. 무슨 일이야?

geu.re*//mu.seun/i.ri.ya

恩，什麼事？

Ⓐ 오늘도 바빠? 언제 와?

o.neul.do/ba.ba//o*n.je/wa

你今天也忙嗎？什麼時候來找我？

Ⓑ 글쎄.

geul.sse

不知道。

A 일 끝나려면 아직 멀었어?
il/geun.na.ryo*.myo*n/a.jik/mo*.ro*.sso*
工作還要很久才能做完嗎？

B 응, 오늘 못 갈 수도 있어.
eung//o.neul/mot/gal/ssu.do/i.sso*
恩，今天可能沒辦法過去。

A 오빠 일이 중요해? 내가 중요해?
o.ba/i.ri/jung.yo.he*//ne*.ga/jung.yo.he*
你的工作重要，還是我重要？

B 왜 그래? 또.
we*/geu.re*//do
你又怎麼了？

A 오빠 자꾸 이러면 우리 끝내자.
o.ba/ja.gu/i.ro*.myo*n/u.ri/geun.ne*.ja
你如果一直這樣，我們就分手吧。

核心慣用語
• track 021

첫눈에 반하다	一見鍾情
cho*n.nu.ne/ban.ha.da	

例 지금까지 첫눈에 반한 적이 두 번정도 있다.
ji.geum.ga.ji/cho*n.nu.ne/ban.han/jo*.gi/du/bo*n.jo*ng.do/it.da
到目前為止，我一見鍾情的次數有兩次。

손을 잡다	牽手
so.neul/jjap.da	

例 손 잡아도 돼?

son/ja.ba.do/dwe*

可以牽你的手嗎?

거절을 당하다	被拒絕
go*.jo*.reul/dang.ha.da	

例 청혼을 거절당했어요.

cho*ng.ho.neul/go*.jo*l.dang.he*.sso*.yo

求婚被拒絕了。

사랑에 빠지다	墜入情海
sa.rang.e/ba.ji.da	

例 저, 사랑에 빠졌나 봐요!

jo*///sa.rang.e/ba.jo*n.na/bwa.yo

我好像戀愛了。

마음에 들다	中意、看中
ma.eu.me/deul.da	

例 처음 봤지만 유정 씨가 마음에 드네요.

cho*.eum/bwat.jji.man/yu.jo*ng/ssi.ga/ma.eu.me/
deu.ne.yo

雖然是第一次見你,但我很喜歡有靜小姐呢!

核心單字

• track 022

뽀뽀하다	親親
bo.bo.ha.da	

例 입술에 뽀뽀해 줘요.

ip.ssu.re/bo.bo.he*/jwo.yo

親我的嘴。

키스하다	接吻
ki.seu.ha.da	

例 키스해 줘.

ki.seu.he*/jwo

跟我接吻。

안다	抱
an.da	

例 꼭 안아 줘.

gwak/a.na/jwo

抱緊我。

스킨십	肢體接觸
seu.kin.sip	

例 결혼 전까지 스킨쉽은 안 됩니다.

gyo*l.hon/jo*n.ga.ji/seu.kin.swi.beun/an/dwem.ni.da

結婚前，禁止身體接觸。

임신하다	懷孕
im.sin.ha.da	

例 난 임신했어.

nan/im.sin.he*.sso*

我懷孕了。

追星篇

오빠들 화이팅! 언제나 응원하겠
습니다.
哥哥們加油！我會一直為你們加油！

· track 023

非格式體尊敬形終結語尾 – 有尾音名詞＋이 아니
에요

사생팬이 아니에요.

不是極端粉絲

解析

아니다（不是）的「非格式體尊敬形終結語尾」為아
니에요。名詞在前，아니에요（不是）在後，有尾音
的名詞後方加主格助詞「이」。

例 팬이 아니에요.

　　pe*.ni/a.ni.e.yo

　　不是粉絲。

例 아이돌이 아니에요.

　　a.i.do.ri/a.ni.e.yo

　　不是偶像。

例 음악이 아니에요.

　　eu.ma.gi/a.ni.e.yo

　　不是音樂。

例 가수 그룹이 아니에요?

　　ga.su/geu.ru.bi/a.ni.e.yo

　　不是歌手團體嗎？

例 주인공이 아니에요?

　　ju.in.gong.i/a.ni.e.yo

　　不是主角嗎？

非格式體尊敬形終結語尾 – 無尾音名詞＋가 아니에요

톱스타가 아니에요.
不是大牌明星

解析

아니다（不是）的「非格式體尊敬形終結語尾」為아니에요。名詞在前，아니에요（不是）在後，無尾音的名詞後方加主格助詞「가」。

例 가수가 아니에요.
ga.su.ga/a.ni.e.yo
不是歌手。

例 배우가 아니에요.
be*.u.ga/a.ni.e.yo
不是演員。

例 콘서트가 아니에요.
kon.so*.teu.ga/a.ni.e.yo
不是演唱會。

例 드라마가 아니에요?
deu.ra.ma.ga/a.ni.e.yo
不是連續劇嗎？

例 첫무대가 아니에요?
cho*n.mu.de*.ga/a.ni.e.yo
不是首次演出嗎？

非格式體尊敬形終結語尾－形容詞＋아요

오빠가 좋아요.
我喜歡哥哥

解析

一般為了尊敬聽話者，說話者會使用「非格式體尊敬形終結語尾」。就是在形容詞語幹後方，加上尊敬形終結語尾「아요」或「어요」。形容詞語幹的母音是「ㅏ」或「ㅗ」時，接「아요」。

좋다	好、喜歡
jo.ta	

判斷→形容詞語幹좋的母音為ㅗ，接上終結語尾아요。
　　좋＋아요＝좋아요. (喜歡)

같다	一樣、相同
gat.da	

判斷→形容詞語幹같的母音為ㅏ，接上終結語尾아요。
　　같＋아요＝같아요. (一樣)

높다	高
nop.da	

判斷→形容詞語幹높的母音為ㅗ，接上終結語尾아요。
　　높＋아요＝높아요. (很高)

많다	多
man.ta	

判斷→形容詞語幹많的母音為ㅏ，接上終結語尾아요。
　　많＋아요＝많아요. (很多)

非格式體尊敬形終結語尾 – 形容詞＋어요

내가 싫어요.
我討厭我自己

解析

一般為了尊敬聽話者，說話者會使用「非格式體尊敬
形終結語尾」。就是在形容詞語幹後方，加上尊敬形
終結語尾「아요」或「어요」。形容詞語幹的母音不
是「ㅏ」或「ㅗ」時，接「어요」。

싫다	不要、討厭
sil.ta	

判斷→形容詞語幹싫的母音不是ㅏ或ㅗ，接上終結語尾
　　　어요。

　　　싫＋어요

　　　＝싫어요（討厭）

젊다	年輕
jo*m.da	

判斷→形容詞語幹젊的母音不是ㅏ或ㅗ，接上終結語尾
　　　어요。

　　　젊＋어요

　　　＝젊어요（年輕）

있다	有／在
it.da	

判斷→形容詞語幹있的母音不是ㅏ或ㅗ，接上終結語尾
　　　어요。

있+어요

＝있어요（有）

멋있다	帥、有型
mo*.sit.da	

判斷→形容詞語幹있的母音不是ㅏ或ㅗ，接上終結語尾
　　　어요。

멋있+어요

＝멋있어요（好帥）

길다	長
gil.da	

判斷→形容詞語幹길的母音不是ㅏ或ㅗ，接上終結語尾
　　　어요。

길+어요

길어요.（很長）

非格式體尊敬形終結語尾 – 形容詞 + 해요

> 행복해요.
> **很幸福**

解析

> 一般為了尊敬聽話者，說話者會使用「非格式體尊敬
> 形終結語尾」。如果是「하다類」的形容詞，會接尊
> 敬形終結語尾「여요」，語幹「하」和「여」會結合
> 成「해」。

완벽하다	完美
wan.byo*.ka.da	

判斷→形容詞語幹為하，接上終結語尾여요，結合為해
요。

완벽하+여요→완벽하여요

=완벽해요.(完美)

섹시하다	性感
sek.ssi.ha.da	

判斷→形容詞語幹為하，接上終結語尾여요，結合為해
요。

섹시하+여요→섹시하여요

=섹시해요.(性感)

우아하다	優雅
u.a.ha.da	

判斷→形容詞語幹為하，接上終結語尾여요，結合為해요。

우아하＋여요→우아하여요

＝우아해요。（優雅）

튼튼하다	結實
teun.teun.ha.da	

判斷→形容詞語幹為하，接上終結語尾여요，結合為해요。

튼튼하＋여요→튼튼하여요

＝튼튼해요。（結實）

심심하다	無聊、很閒
sim.sim.ha.da	

判斷→形容詞語幹為하，接上終結語尾여요，結合為해요。

심심하＋여요→심심하여요

＝심심해요。（無聊）

不規則變化「一」

예뻐요.

漂亮

解析

語幹母音以「ㅡ」結束的詞彙，遇到以母音開頭的語尾（아/어요）時，母音「ㅡ」會脫落。再判斷語幹前一字的母音，若母音是「ㅏ」或「ㅗ」就接아요；若母音不是「ㅏ」或「ㅗ」時，則接어요。

고프다	飢餓／餓
go.peu.da	

規則→語幹프母音為ㅡ，遇上終結語尾어요時，母音ㅡ會脫落，

此時判斷前一字고的母音為ㅗ，接上終結語尾아요。

고프＋어요→고ㅍ＋아요

＝고파요.（好餓）

기쁘다	高興／開心
gi.beu.da	

規則→語幹쁘母音為ㅡ，遇上終結語尾어요時，母音ㅡ會脫落，

此時判斷前一字기的母音為ㅣ，接上終結語尾어요。

기쁘＋어요→기ㅃ＋어요

＝기뻐요.（很高興）

不規則變化「ㅂ」

> 귀여워요.
> 很可愛

解析

形容詞語幹尾音以ㅂ結束的部分詞彙，遇到以母音開
頭的語尾（아/어요）時，ㅂ會脫落，後方加上一個
「우」。

아름답다	美麗／漂亮
a.reum.dap.da	

規則→語幹답尾音為ㅂ，遇上終結語尾아요時，尾音ㅂ
會脫落，並在後方加上우，此時語幹우的母音不
是ㅏ,ㅗ，因此接上終結語尾어요。
아름답＋아요→아름다＋우→아름다우＋어요
＝아름다워요.（很漂亮）

덥다	熱
do*p.da	

規則→語幹덥尾音為ㅂ，遇上終結語尾어요時，尾音ㅂ
會脫落，並在後方加上우，此時語幹우的母音不
是ㅏ,ㅗ，因此接上終結語尾어요。
덥＋어요→더＋우→더우＋어요
＝더워요.（很熱）

쉽다	容易／簡單
swip.da	

規則→語幹쉽尾音為ㅂ，遇上終結語尾어요時，尾音ㅂ
會脫落，並在後方加上우，此時語幹우的母音不
是ㅏ,ㅗ，因此接上終結語尾어요。

쉽＋어요→쉬＋우→쉬우＋어요

＝쉬워요. (很簡單)

시끄럽다	吵鬧
si.geu.ro*p.da	

規則→語幹럽尾音為ㅂ，遇上終結語尾어요時，尾音ㅂ
會脫落，並在後方加上우，此時語幹우的母音不
是ㅏ,ㅗ，因此接上終結語尾어요。

시끄럽＋어요→시끄러＋우→시끄러우＋어요

＝시끄러워요. (很吵鬧)

가깝다	近、不遠
ga.gap.da	

規則→語幹깝尾音為ㅂ，遇上終結語尾아요時，尾音ㅂ
會脫落，並在後方加上우，此時語幹우的母音不
是ㅏ,ㅗ，因此接上終結語尾어요。

가깝＋아요→가까＋우→가까우＋어요

＝가까워요. (很近)

實用會話 – 歌手

> 가수
> **歌手**

例 빅뱅은 내가 제일 좋아하는 그룹이야.
bik.be*ng.eun/ne*.ga/je.il/jo.a.ha.neun/geu.ru.bi.ya
BIGBANG 是我最喜歡的團體。

例 나는 가수 이홍기 씨를 좋아해요.
na.neun/ga.su/i.hong.gi/ssi.reul/jjo.a.he*.yo
我喜歡歌手李洪基。

例 가수 백지영의 노래가 참 좋네요.
ga.su/be*k.jji.yo*ng.ui/no.re*.ga/cham/jon.ne.yo
歌手白智英的歌真好聽！

例 우리는 슈퍼주니어 팬이에요.
u.ri.neun/syu.po*.ju.ni.o*/pe*.ni.e.yo
我們是 Super Junior 的粉絲。

例 언니같은 가수가 되고 싶습니다.
o*n.ni.ga.teun/ga.su.ga/dwe.go/sip.sseum.ni.da
我想成為像姊姊妳一樣的歌手。

例 시디를 샀는데 노래가 너무 좋았어요.
si.di.reul/ssan.neun.de/no.re*.ga/no*.mu/jo.a.sso*.
yo
我買了ＣＤ，歌太好聽了。

例 소녀시대는 노래도 잘하고 춤도 잘 추네요.
so.nyo*.si.de*.neun/no.re*.do/jal.ha.go/chum.do/
jal/chu.ne.yo
少女時代歌唱得好聽，又會跳舞。

追星話題

• track 031

Ⓐ 좋아하는 가수 있어요?
jo.a.ha.neun/ga.su/i.sso*.yo
你有喜歡的歌手嗎？

Ⓑ 슈퍼주니어를 좋아해요.
syu.po*.ju.ni.o*.reul/jjo.a.he*.yo
我喜歡 Super Junior。

Ⓑ 저는 오빠들 데뷔할 때부터 좋아했어요.
jo*.neun/o.ba.deul/de.bwi.hal/de*.bu.to*/jo.a.he*.
sso*.yo
我從哥哥們出道的時候就喜歡他們了。

Ⓐ 나도 슈퍼주니어 노래 많이 들었어요.
na.do/syu.po*.ju.ni.o*/no.re*/ma.ni/deu.ro*.sso*.yo
我也聽了不少 Super Junior 的歌。

實用會話 – 演員

> 배우
> **演員**

例 주인공이 누구예요?

ju.in.gong.i/nu.gu.ye.yo

主角是誰？

例 여배우가 예뻤어요.

yo*.be*.u.ga/ye.bo*.sso*.yo

女演員很漂亮。

例 내가 좋아하는 배우는 장동건 씨예요.

ne*.ga/jo.a.ha.neun/be*.u.neun/jang.dong.go*n/ssi.
ye.yo

我喜歡的演員是張東健。

例 원빈 씨도 연기 잘하는 배우예요.

won.bin/ssi.do/yo*n.gi/jal.ha.neun/be*.u.ye.yo

元斌也是演技很棒的演員。

例 민호 오빠가 출연하는 드라마를 보고 싶
어요.

min.ho/o.ba.ga/chu.ryo*n.ha.neun/deu.ra.ma.reul/
bo.go/si.po*.yo

我想看敏鎬哥出演的連續劇。

討論電影演員

Ⓐ 이 영화 주인공이 누구예요?

i/yo*ng.hwa/ju.in.gong.i/nu.gu.ye.yo

這部電影的主角是誰？

Ⓑ 전지현이야.

jo*n.ji.hyo*.ni.ya

是全智賢。

Ⓐ '별에서 온 그대'에 출연한 전지현 씨예요?

byo*.re.so*/on/geu.de*.e/chu.ryo*n.han/jo*n.ji.
hyo*n/ssi.ye.yo

出演「來自星星的你」的全智賢嗎？

Ⓑ 그래.

geu.re*

是啊！

Ⓐ 지현 누나가 나온 영화는 무조건 봐야 죠.

ji.hyo*n/nu.na.ga/na.on/yo*ng.hwa.neun/mu.jo.go*
n/bwa.ya/jyo

智賢姊姊演的電影當然要去看囉！

Ⓑ 네가 전지현 팬인 걸 몰랐네.

ni.ga/jo*n.ji.hyo*n/pe*.nin/go*l/mol.lan.ne

我還不知道你是全智賢的粉絲呢！

Ⓐ 예쁘잖아요.

ye.beu.ja.na.yo

她很漂亮嘛！

實用會話 – 演唱會

콘서트
演唱會

例 샤이니 콘서트에 가고 싶어요.
sya.i.ni/kon.so*.teu.e/ga.go/si.po*.yo
我想去 SHINee 的演唱會。

例 표는 매진됐어요.
pyo.neun/me*.jin.dwe*.sso*.yo
票賣完了。

例 언제 티켓을 구할 수 있어요?
o*n.je/ti.ke.seul/gu.hal/ssu/i.sso*.yo
什麼時候可以購票？

例 오늘 저녁에 콘서트 보러 갈래요?
o.neul/jjo*.nyo*.ge/kon.so*.teu/bo.ro*/gal.le*.yo
今天晚上要不要去看演唱會？

例 콘서트는 무료이고 공개되어 있습니다.
kon.so*.teu.neun/mu.ryo.i.go/gong.ge*.dwe.o*/it.
sseum.ni.da
演唱會是免費而且公開的。

例 오빠, 화이팅!
o.ba//hwa.i.ting
哥哥，加油！

例 누나, 생일 축하해요!
nu.na//se*ng.il/chu.ka.he*.yo
姊姊，生日快樂！

例 오빠, 울지 마세요!
o.ba//ul.ji/ma.se.yo
哥哥，不要哭！

例 오빠들, 최고예요!
o.ba.deul//chwe.go.ye.yo
哥哥們，你們最棒！

例 누나들, 너무 예뻐요.
nu.na.deul//no*.mu/ye.bo*.yo
姊姊們，你們好美。

例 꼭 다시 대만에 와서 콘서트를 열어 주세요.
gok/da.si/de*.ma.ne/wa.so*/kon.so*.teu.reul/yo*.
ro*/ju.se.yo
一定要再來台灣開演唱會喔！

討論少女時代演唱會
• track 035

A 난 소녀시대 콘서트에 가기로 했거든요.
nan/so.nyo*.si.de*/kon.so*.teu.e/ga.gi.ro/he*t.go*.
deu.nyo
我決定要去少女時代演唱會了。

A 준영 씨는 안 가요?
ju.nyo*ng/ssi.neun/an/ga.yo
俊英你不去嗎？

B 소녀시대 콘서트요? 티켓이 비싸지 않아요?

so.nyo*.si.de*/kon.so*.teu.yo//ti.ke.si/bi.ssa.ji/a.na.
yo

少女時代演唱會嗎？票不會很貴嗎？

A 비싸죠.

bi.ssa.jyo

很貴啊！

A 근데 소녀시대 팬으로서 안 갈 수가 없죠.

geun.de/so.nyo*.si.de*/pe*.neu.ro.so*/an/gal/ssu.
ga/o*p.jjyo

但是我身為少女時代的粉絲，怎麼可以不去呢！

B 나도 소녀시대를 좋아하지만 티켓을 살 여
유가 없어서요.

na.do/so.nyo*.si.de*.reul/jjo.a.ha.ji.man/ti.ke.seul/
ssal/yo*.yu.ga/o*p.sso*.so*.yo

我也喜歡少女時代，但是沒有多餘的預算買票。

A 콘서트가 너무 기대돼요!

kon.so*.teu.ga/no*.mu/gi.de*.dwe*.yo

好期待演唱會喔！

2

追星篇

實用會話 – 簽名會

사인회
簽名會

例 오빠, 사랑해요!
o.ba//sa.rang.he*.yo
哥，我愛你！

例 오빠, 멋있어요.
o.ba//mo*.si.sso*.yo
哥，你好帥！

例 오빠, 사인해 주세요.
o.ba//sa.in.he*//ju.se.yo
哥哥，幫我簽名。

例 오빠, 팬이에요.
o.ba//pe*.ni.e.yo
哥，我是你的粉絲。

例 저는 대만에서 온 팬이에요.
jo*.neun/de*.ma.ne.so*/on/pe*.ni.e.yo
我是從台灣來的粉絲。

例 팬들을 위한 사인회를 열려고 합니다.
pe*n.deu.reul/wi.han/sa.in.hwe.reul/yo*l.lyo*.go/
ham.ni.da
為了各位粉絲，我們打算舉辦簽名會。

例 동방신기 팬 사인회에 참가하고 싶습니다.

dong.bang.sin.gi/pe*n/sa.in.hwe.e/cham.ga.ha.go/
sip.sseum.ni.da

我想參加東方神起的粉絲簽名會。

例 민호 오빠를 만나면 뭐라고 해야 되지요?

min.ho/o.ba.reul/man.na.myo*n/mwo.ra.go/he*.ya/
dwe.ji.yo

我如果見到敏鎬哥，應該説什麼？

例 민호 씨, 정말 좋아해요.

min.ho/ssi//jo*ng.mal/jjo.a.he*.yo

敏鎬，我真的好喜歡你。

生詞不用查

사인하다	**動詞**	簽名
열다	**動詞**	打開、舉辦、召開
참가하다	**動詞**	參加
만나다	**動詞**	見面、遇見
정말	**副詞**	真的、真

實用會話 – 韓流

한류
韓流

例 한류의 영향력이 대단합니다.
hal.lyu.ui/yo*ng.hyang.nyo*.gi/de*.dan.ham.ni.da
韓流的影響力很大。

例 우리 오빠들은 모두 톱스타예요.
u.ri/o.ba.deu.reun/mo.du/top.sseu.ta.ye.yo
我們的哥哥們都是巨星。

例 지금 아시아에서 한류 열풍이 불고 있다.
ji.geum/a.si.a.e.so*/hal.lyu/yo*l.pung.i/bul.go/it.da
現在亞洲正掀起韓流風潮。

例 그 가수는 데뷔한 지 십년이 넘었습니다.
geu/ga.su.neun/de.bwi.han/ji/sim.nyo*.ni/no*.mo*t.
sseum.ni.da
那位歌手出道有十年了。

例 연예인의 스캔들이 터지면 엄청난 화제가
돼요.
yo*.nye.i.nui/seu.ke*n.deu.ri/to*.ji.myo*n/o*m.
cho*ng.nan/hwa.je.ga/dwe*.yo
如果爆出藝人的醜聞，將會是很大的話題。

팬클럽	粉絲俱樂部
pe*n.keul.lo*p	

例 팬클럽 가입을 하시면 가입회비를 내셔야
합니다.

pe*n.keul.lo*p/ga.i.beul/ha.si.myo*n/ga.i.pwe.bi.
reul/ne*.syo*.ya/ham.ni.da

如果想加入粉絲樂部，必須繳納會費。

포스터	海報
po.seu.to*	

例 사인회에 가면 사인포스터를 받을 수 있다.

sa.in.hwe.e/ga.myo*n/sa.in.po.seu.to*.reul/ba.deul/
ssu.it.da

參加簽名會，可以拿到簽名海報。

팬 레터	粉絲信
pe*n/re.to*	

例 팬 레터를 보내고 싶은데 어떻게 하면 좋
아요?

pe*n/re.to*.reul/bo.ne*.go/si.peun.de/o*.do*.ke/ha.
myo*n/jo.a.yo

我想寄粉絲信，應該怎麼做才好？

都市篇

내가 앞으로 살고 싶은 도시는
어디일까?
我以後想住的都市是哪裡呢？

非格式體尊敬形終結語尾 – 動詞＋아요

영화를 봐요.
看電影

解析

一般為了尊敬聽話者，說話者會使用「非格式體尊敬形終結語尾」。就是在動詞語幹後方，加上尊敬形終結語尾「아요」或「어요」。動詞語幹的母音是「ㅏ」或「ㅗ」時，接「아요」。

보다	看
bo.da	

判斷→動詞語幹為보，語幹母音為ㅗ，接上終結語尾아요。

보＋아요→보아요（母音ㅗ＋ㅏ＝複合母音ㅘ）
＝봐요.（看）

자다	睡覺
ja.da	

判斷→動詞語幹為자，語幹母音為ㅏ，接上終結語尾아요。

자＋아요→자아요（母音ㅏ＋ㅏ＝ㅏ）
＝자요.（睡覺）

오다	來
o.da	

判斷→動詞語幹為오，語幹母音為ㅗ，接上終結語尾아요。

오＋아요→오아요（母音ㅗ＋ㅏ＝複合母音ㅘ）
＝와요.（來）

만나다	見面
man.na.da	

判斷→動詞語幹為나，語幹母音為ㅏ，接上終結語尾아
요。

만나＋아요→만나아요（母音ㅏ＋ㅏ＝ㅏ）
＝만나요.（見面）

가다	去、前往
ga.da	

判斷→動詞語幹為가，語幹母音為ㅏ，接上終結語尾아
요。

가＋아요→가아요（母音ㅏ＋ㅏ＝ㅏ）
＝가요.（去）

非格式體尊敬形終結語尾－動詞＋어요

밥을 먹어요.
吃飯

解析

一般為了尊敬聽話者，說話者會使用「非格式體尊敬形終結語尾」。就是在動詞語幹後方，加上尊敬形終結語尾「아요」或「어요」。動詞語幹的母音不是「ㅏ」或「ㅗ」時，接「어요」。

먹다	吃
mo*k.da	

判斷→動詞語幹為먹，語幹母音為ㅓ，接上終結語尾어요。

먹＋어요＝먹어요.（吃）

만들다	製做
man.deul.da	

判斷→動詞語幹為들，語幹母音為ㅡ，接上終結語尾어요。

만들＋어요＝만들어요.（製做）

마시다	喝
ma.si.da	

判斷→動詞語幹為시，語幹母音為ㅣ，接上終結語尾어요。

마시＋어요→마시어요（母音ㅣ＋ㅓ＝ㅕ）

＝마셔요.（喝）

쉬다	休息
swi.da	

判斷→動詞語幹為쉬，語幹母音為ㅟ，接上終結語尾어요。

쉬＋어요＝쉬어요. (休息)

주다	給
ju.da	

判斷→動詞語幹為주，語幹母音為ㅜ，接上終結語尾어요。

주＋어요→주어요 (母音ㅜ＋ㅓ＝複合母音ㅝ)
＝줘요. (給)

치다	打、拍、彈（鋼琴）
chi.da	

判斷→動詞語幹為치，語幹母音為ㅣ，接上終結語尾어요。

치＋어요→치어요 (母音ㅣ＋ㅓ＝ㅕ)
＝쳐요. (打)

非格式體尊敬形終結語尾－動詞＋해요

농구를 해요.

打籃球

解析

一般為了尊敬聽話者，說話者會使用「非格式體尊敬形終結語尾」。如果是「하다類」的動詞，會接尊敬形終結語尾「여요」，語幹「하」和「여」會結合成「해」。

하다	做
ha.da	

判斷→動詞語幹為하，接上終結語尾여요。

하＋여요→하여요（하＋여＝해）

＝해요.（做）

운전하다	開車
un.jo*n.ha.da	

判斷→動詞語幹為하，接上終結語尾여요。

운전하＋여요→운전하여요（하＋여＝해）

＝운전해요.（開車）

공부하다	念書
gong.bu.ha.da	

判斷→動詞語幹為하，接上終結語尾여요。

공부하＋여요→공부하여요（하＋여＝해）

＝공부해요.（念書）

助詞 - 無尾音名詞 + 를

3

都市篇

버스를 기다려요.

等公車

解析

「을/를」為目的格助詞,又稱為「受格助詞」。接在名詞(受詞)後方,該名詞為動作所直接涉及的對象。有尾音的名詞接「을」,無尾音的名詞接「를」。

例 친구를 만나요.

chin.gu.reul/man.na.yo

見朋友。

例 한국어를 공부해요.

han.gu.go*.reul/gong.bu.he*.yo

學習韓國語。

例 드라마를 봐요.

deu.ra.ma.reul/bwa.yo

看連續劇。

例 노래를 불러요.

no.re*.reul/bul.lo*.yo

唱歌。

例 커피를 마셔요.

ko*.pi.reul/ma.syo*.yo

喝咖啡。

助詞 – 有尾音名詞＋을

지하철을 타요.
搭地鐵

解析

「을/를」為目的格助詞，又稱為「受格助詞」。接在名詞（受詞）後方，該名詞為動作所直接涉及的對象。有尾音的名詞接「을」，無尾音的名詞接「를」。

例 돈을 줘요.
do.neul/jjwo.yo
給錢。

例 신문을 읽어요.
sin.mu.neul/il.go*.yo
看報紙。

例 빵을 먹어요.
bang.eul/mo*.go*.yo
吃麵包。

例 트럭을 운전해요.
teu.ro*.geul/un.jo*n.he*.yo
開貨車。

例 물건을 팔아요.
mul.go*.neul/pa.ra.yo
賣東西。

助詞 – 地點名詞＋에

슈퍼에 가요.
去超市

解析

「에」為處格助詞，接在名詞後方，表示方向和目的地。句子後方通常會出現方向性動詞가다（去）或오다（來）。

例 은행에 가요.
eun.he*ng.e/ga.yo
去銀行。

例 지하철 역에 가요.
ji.ha.cho*l/yo*.ge/ga.yo
去地鐵站。

例 친척 집에 가요.
chin.cho*k/ji.be/ga.yo
去親戚家。

例 공항에 가요.
gong.hang.e/ga.yo
去機場。

例 식당에 가요.
sik.dang.e/ga.yo
去餐館。

助詞 – 地點名詞 + 에

> 회사에 와요.
> 來公司

解析

「에」為處格助詞，接在名詞後方，表示方向和目的地。句子後方通常會出現方向性動詞가다（去）或오다（來）。

例 기차역에 와요.
gi.cha.yo*.ge/wa.yo
來火車站。

例 레스토랑에 와요.
re.seu.to.rang.e/wa.yo
來餐廳。

例 동물원에 와요.
dong.mu.rwo.ne/wa.yo
來動物園。

例 식목원에 와요.
sing.mo.gwo.ne/wa.yo
來植物園。

例 놀이공원에 와요.
no.ri.gong.wo.ne/wa.yo
來遊樂園。

副詞 – 안 + 動詞（否定動作）

버스를 안 타요.
不搭公車

解析

> 안為副詞，接在動詞或形容詞前方，用來否定某一動作或狀態。中文可翻譯成「不～」。

例 옷을 안 사요.
o.seul/an/sa.yo
不買衣服。

例 노래를 안 들어요.
no.re*.reul/an/deu.ro*.yo
不聽歌。

例 신발을 안 벗어요.
sin.ba.reul/an/bo*.so*.yo
不脫鞋。

例 돈을 안 받아요.
do.neul/an/ba.da.yo
不拿錢。

例 한국어를 안 배워요.
han.gu.go*.reul/an/be*.wo.yo
不學韓國語。

句型 – 地點名詞 + 안 가다

학교에 안 가요.

不去學校

解析

안為副詞，接在動詞或形容詞前方，用來否定某一動
作或狀態。中文可翻譯成「不～」。

例 학원에 안 가요.
ha.gwo.ne/an/ga.yo
不去補習班。

例 꽃집에 안 가요.
got.jji.be/an/ga.yo
不去花店。

例 병원에 안 가요.
byo*ng.wo.ne/an/ga.yo
不去醫院。

例 영화관에 안 가요.
yo*ng.hwa.gwa.ne/an/ga.yo
不去電影院。

例 노래방에 안 가요.
no.re*.bang.e/an/ga.yo
不去ＫＴＶ。

句型 - 地點名詞＋안 오다

도서관에 안 와요.
不來圖書館

解析

안為副詞，接在動詞或形容詞前方，用來否定某一動作或狀態。中文可翻譯成「不～」。

例 시장에 안 와요.
si.jang.e/an/wa.yo
不來市場。

例 호텔에 안 와요.
ho.te.re/an/wa.yo
不來飯店。

例 경찰서에 안 와요.
gyo*ng.chal.sso*.e/an/wa.yo
不來警察局。

例 법원에 안 와요.
bo*.bwo.ne/an/wa.yo
不來法院。

例 교회에 안 와요.
gyo.hwe.e/an/wa.yo
不來教會。

句型 – 名詞 + 이/가 있다

주유소가 있어요.
有加油站

解析

있다為形容詞，意思為「有、在」。有尾音的名詞後
方接主格助詞「이」；無尾音的名詞後方接主格助詞
「가」。

例 보석점이 있어요.
bo.so*k.jjo*.mi/i.sso*.yo
有珠寶店。

例 시계점이 있어요.
si.gye.jo*.mi/i.sso*.yo
有鐘錶店。

例 과일가게가 있어요.
gwa.il.ga.ge.ga/i.sso*.yo
有水果店。

例 카지노가 있어요.
ka.ji.no.ga/i.sso*.yo
有賭場。

例 신호등이 있어요.
sin.ho.deung.i/i.sso*.yo
有紅綠燈。

句型 – 名詞 + 이/가 없다

> 우체국이 없어요.
> 沒有郵局

解析

없다為形容詞，意思為「沒有、不在」。有尾音的名詞後方接主格助詞「이」；無尾音的名詞後方接主格助詞「가」。

例 안경집이 없어요.
　an.gyo*ng.ji.bi/o*p.sso*.yo
　沒有眼鏡行。

例 커피숍이 없어요.
　ko*.pi.syo.bi/o*p.sso*.yo
　沒有咖啡廳。

例 보행자가 없어요.
　bo.he*ng.ja.ga/o*p.sso*.yo
　沒有行人。

例 자동차가 없어요.
　ja.dong.cha.ga/o*p.sso*.yo
　沒有汽車。

例 오토바이가 없어요.
　o.to.ba.i.ga/o*p.sso*.yo
　沒有摩托車。

助詞 – 方向性名詞 + (으)로

오른쪽으로 가요.

往右走

解析

(으)로為助詞，接在表示地點或方向的名詞之後，表示行進的「方向」。有尾音的名詞後方接「으로」，無尾音的名詞後方接「로」。

例 왼쪽으로 가요.

wen.jjo.geu.ro/ga.yo

往左走。

例 앞으로 가요.

a.peu.ro/ga.yo

往前走。

例 뒤로 가요.

dwi.ro/ga.yo

往後走。

例 어디로 가요?

o*.di.ro/ga.yo

去哪裡？

例 이쪽으로 와요.

i.jjo.geu.ro/wa.yo

來這邊。

3

助詞 – 場所名詞 ＋ 에서

백화점에서 쇼핑을 해요.
在百貨公司購物

解析

에서為助詞，接在表示地點、場所的名詞後方，表示
「動作所發生的地點」。中文可譯成「在某地做～」。

例 스타벅스에서 커피를 마셔요.
seu.ta.bo*k.sseu.e.so*/ko*.pi.reul/ma.syo*.yo
在星巴克喝咖啡。

例 맥도널드에서 햄버거를 먹어요.
me*k.do.no*l.deu.e.so*/he*m.bo*.go*.reul/mo*.
go*.yo
在麥當勞吃漢堡。

例 옷 가게에서 바지를 입어 봐요.
ot/ga.ge.e.so*/ba.ji.reul/i.bo*/bwa.yo
在服飾店試穿褲子。

例 구두점에서 구두를 신어 봐요.
gu.du.jo*.me.so*/gu.du.reul/ssi.no*/bwa.yo
在皮鞋店試穿皮鞋。

例 서점에서 잡지를 봐요.
so*.jo*.me.so*/jap.jji.reul/bwa.yo
在書店看雜誌。

補助助詞－有尾音名詞＋은

이것은 택시예요.
這是計程車

解析

은/는為補助助詞，接在名詞後方，表示句子的主題
或闡述的對象。有尾音的名詞接「은」；沒有尾音的
名詞接「는」。

例 저것은 비행기예요.
jo*.go*.seun/bi.he*ng.gi.ye.yo
那是飛機。

例 그것은 오토바이예요.
geu.go*.seun/o.to.ba.i.ye.yo
那是機車。

例 이것은 자전거가 아니에요.
i.go*.seun/ja.jo*n.go*.ga/a.ni.e.yo
這不是腳踏車。

例 저 사람은 보행자예요.
jo*/sa.ra.meun/bo.he*ng.ja.ye.yo
那個人是行人。

例 이름은 장미영이에요.
i.reu.meun/jang.mi.yo*ng.i.e.yo
名字是張美英。

補助助詞 – 無尾音名詞 + 는

여기는 공원이에요.
這裡是公園

解析

은/는為補助助詞，接在名詞後方，表示句子的主題
或闡述的對象。有尾音的名詞接「은」；沒有尾音的
名詞接「는」。

例 거기는 주차장이에요.
go*.gi.neun/ju.cha.jang.i.e.yo
那裡是停車場。

例 저기는 박물관이에요.
jo*.gi.neun/bang.mul.gwa.ni.e.yo
那邊是博物館。

例 여기는 카페가 아니에요.
yo*.gi.neun/ka.pe.ga/a.ni.e.yo
這裡不是咖啡廳。

例 나는 도시인이 아니다.
na.neun/do.si.i.ni/a.ni.da
我不是都市人。

例 오빠는 회사원이에요.
o.ba.neun/hwe.sa.wo.ni.e.yo
哥哥是上班族。

實用會話 – 找路

길 찾기
找路

例 지도를 보고 길을 찾아요.
ji.do.reul/bo.go/gi.reul/cha.ja.yo
看地圖找路。

例 실례합니다. 길을 잃었는데요.
sil.lye.ham.ni.da//gi.reul/i.ro*n.neun.de.yo
不好意思，我迷路了。

例 길 좀 가르쳐 주시겠어요?
gil/jom/ga.reu.cho*/ju.si.ge.sso*.yo
可以告訴我路要怎麼走嗎？

例 여기서 얼마나 걸립니까?
yo*.gi.so*/o*l.ma.na/go*l.lim.ni.ga
從這裡過去要花多少時間？

例 걸어서 약 10분정도입니다.
go*.ro*.so*/yak/sip.bun.jo*ng.do.im.ni.da
走路大約要十分鐘。

例 신촌에 가려면 어떻게 가야 합니까?
sin.cho.ne/ga.ryo*.myo*n/o*.do*.ke/ga.ya/ham.ni.ga
請問我該怎麼去新村？

例 여기서 가깝나요?
yo*.gi.so*/ga.gam.na.yo
離這邊很近嗎？

例 여기서 머나요?

yo*.gi.so*/mo*.na.yo

離這邊很遠嗎？

例 저도 같은 방향입니다. 따라 오세요.

jo*.do/ga.teun/bang.hyang.im.ni.da//da.ra/o.se.yo

我也跟您一樣的方向，跟我一起走吧。

例 죄송합니다. 저도 여기를 잘 모릅니다.

jwe.song.ham.ni.da//jo*.do/yo*.gi.reul/jjal/mo.
reum.ni.da

對不起，我也不太熟悉這邊。

例 20분정도 걸어 가셔야 해요.

i.sip.bun.jo*ng.do/go*.ro*/ga.syo*.ya/he*.yo

您必須要走 20 分鐘左右。

問路對話

• track 056

Ⓐ 실례합니다. 길 좀 묻겠습니다.

sil.lye.ham.ni.da//gil/jom/mut.get.sseum.ni.da

不好意思，跟您問個路。

Ⓐ 여기서 서울대공원을 어떻게 가야 합니까?

yo*.gi.so*/so*.ul.de*.gong.wo.neul/o*.do*.ke/ga.
ya/ham.ni.ga

請問從這裡要怎麼去首爾大公園？

Ⓑ 서울대공원은 여기서 멀지 않아요.

so*.ul.de*.gong.wo.neun/yo*.gi.so*/mo*l.ji/a.na.yo

首爾大公園離這裡不遠。

B 이 길을 따라서 쭉 가세요.

i/gi.reul/da.ra.so*/jjuk/ga.se.yo

請沿著這條路一直走。

B 그 다음은 두 번째 신호등 앞에서 우회전 하세요.

geu/da.eu.meun/du/bo*n.jje*/sin.ho.deung/a.pe.so*/u.hwe.jo*n.ha.se.yo

然後在第二個紅綠燈前面右轉。

B 그러면 서울대공원의 안내 표시가 보이실 거예요.

geu.ro*.myo*n/so*.ul.de*.gong.wo.nui/an.ne*/pyo.si.ga/bo.i.sil/go*.ye.yo

之後您就可以看到首爾大公園的標示了。

A 감사합니다. 친절하시네요.

gam.sa.ham.ni.da//chin.jo*l.ha.si.ne.yo

謝謝，您真親切。

B 아닙니다.

a.nim.ni.da

不會。

實用會話 – 交通事故

교통사고
交通事故

㋑ 저기 차 사고가 난 것 같아요.
jo*.gi/cha/sa.go.ga/nan/go*t/ga.ta.yo
那邊好像發生車禍。

㋑ 누가 병원에 연락 좀 해 주세요!
nu.ga/byo*ng.wo.ne/yo*l.lak/jom/he*/ju.se.yo
有誰可以幫忙打電話給醫院？

㋑ 누구 좀 없어요? 사람 살려!
nu.gu/jom/o*p.sso*.yo/sa.ram/sal.lyo*
沒有人在嗎？救人啊！

㋑ 여기 사람이 죽어 가고 있어요!
yo*.gi/sa.ra.mi/ju.go*/ga.o/i.sso*.yo
這裡有人快死掉了！

㋑ 제가 목격자입니다.
je.ga/mok.gyo*k.jja.im.ni.da
我是目擊者。

 叫救護車

• track 058

Ⓐ 여보세요. 거기 119죠.
yo*.bo.se.yo/go*.gi/i.ril.gu.jyo
喂，是 119 對吧？

A 여기 사람이 하나 다쳤어요.

yo*.gi/sa.ra.mi/ha.na/da.cho*.sso*.yo

這邊有人受傷了。

A 차 사고가 났어요. 구급차 좀 빨리 보내
주세요.

cha/sa.go.ga/na.sso*.yo//gu.geup.cha/jom/bal.li/bo.
ne*/ju.se.yo

發生了車禍，請快點派救護車過來吧。

B 거기 위치는 어디입니까?

go*.gi/wi.chi.neun/o*.di.im.ni.ga

那邊的位置是哪裡？

A 여기는 중구 소공로 63 호 신세계 백화점
앞인데요.

yo*.gi.neun/jung.gu/so.gong.no/yuk.ssip.ssam.ho/
sin.se.gye/be*k.kwa.jo*m/a.pin.de.yo

這裡是中區小公路 63 號新世界百貨公司前面。

B 알겠습니다. 바로 구급차를 보내겠습니다.

al.get.sseum.ni.da//ba.ro/gu.geup.cha.reul/bo.ne*.
get.sseum.ni.da

好的，我們馬上派救護車過去。

A 다친 사람이 의식이 없는 것 같은데 빨리
오세요.

da.chin/sa.ra.mi/ui.si.gi/o*m.neun/go*t/ga.teun.de/
bal.li/o.se.yo

傷者好像沒有意識了，請盡快過來。

實用會話 – 找房子

집 구하기
找房子

例 좀더 싼 집을 구하고 있는데요.
jom.do*/ssan/ji.beul/gu.ha.go/in.neun.de.yo
我在找便宜的房子。

例 보증금은 얼마예요?
bo.jeung.geu.meun/o*l.ma.ye.yo
押金是多少？

例 언제 입주할 수 있어요?
o*n.je/ip.jju.hal/ssu/i.sso*.yo
什麼時候可以搬進去住？

例 월세는 얼마입니까?
wol.se.neun/o*l.ma.im.ni.ga
月租是多少呢？

例 조용한 곳을 원합니다.
jo.yong.han/go.seul/won.ham.ni.da
我希望是較安靜的地方。

在不動產找租屋

• track 060

A 아파트를 구하고 있는데요.
a.pa.teu.reul/gu.ha.go/in.neun.de.yo
我在找公寓。

B 혼자 사십니까?

hon.ja/sa.sim.ni.ga

是您自己要住的嗎？

A 아니요. 남편하고 같이 삽니다.

a.ni.yo//nam.pyo*n.ha.go/ga.chi/sam.ni.da

不，我跟我老公一起住。

A 지하철에서 가까운 집이면 좋겠습니다.

ji.ha.cho*.re.so*/ga.ga.un/ji.bi.myo*n/jo.ket.sseum.ni.da

我希望是離地鐵站近一點的房子。

B 이 아파트는 어떠세요?

i/a.pa.teu.neun/o*.do*.se.yo

這間公寓您覺得怎麼樣？

B 지하철 역까지 걸어서 5분 거리입니다.

ji.ha.cho*l/yo*k.ga.ji/go*.ro*.so*/o.bun/go*.ri.im.ni.da

離地鐵站走路五分鐘的距離。

A 교통이 편해지면 월세는 조금 비싸지네요.

gyo.tong.i/pyo*n.he*.ji.myo*n/wol.se.neun/jo.geum/bi.ssa.ji.ne.yo

要交通便利的話，月租就會變得有點貴呢！

B 그러면 이 물건은 어떠세요?

geu.ro*.myo*n/i/mul.go*.neun/o*.do*.se.yo

那這個物件您覺得如何？

B 집은 조금 좁지만 월세는 비교적으로 쌉니다.

ji.beun/jo.geum/jop.jji.man/wol.se.neun/bi.gyo.jo*.geu.ro/ssam.ni.da

房子雖然小了一點，但月租相對便宜很多。

B 지하철 역에서도 가깝고 근처에 병원하고 슈퍼도 있습니다.

ji.ha.cho*l/yo*.ge.so*.do/ga.gap.go/geun.cho*.e/byo*ng.won.ha.go/syu.po*.do/it.sseum.ni.da

離地鐵站又近，附近又有醫院和超市。

A 이 집은 괜찮네요.

i/ji.beun/gwe*n.chan.ne.yo

這間房子不錯呢！

A 집을 직접 볼 수 있습니까?

ji.beul/jjik.jjo*p/bol/su/it.sseum.ni.ga

我可以親自去看房子嗎？

B 네, 지금 바로 보실 수 있습니다.

ne//ji.geum/ba.ro/bo.sil/su/it.sseum.ni.da

當然，可以馬上過去看。

B 방은 두 개 있고 햇빛도 잘 들어요.

bang.eun/du/ge*/it.go/he*t.bit.do/jal/deu.ro*.yo

有兩間房間，光線也很好。

A 마음에 들어요. 계약 합시다.

ma.eu.me/deu.ro*.yo//gye.yak/hap.ssi.da

我很喜歡，我們簽約吧！

實用會話－看病

병원 가기
去醫院

例 계속 기침이 나요. 그리고 목이 아파요.
gye.sok/gi.chi.mi/na.yo//geu.ri.go/mo.gi/a.pa.yo
我一直咳嗽，喉嚨也很痛。

例 다리를 다쳤어요.
da.ri.reul/da.cho*.sso*.yo
腿受傷了。

例 발을 삐었어요.
ba.reul/bi.o*.sso*.yo
腳扭到了。

例 피가 나요.
pi.ga/na.yo
在流血。

例 배가 아파요.
be*.ga/a.pa.yo
肚子痛。

● track 062

A 어디가 아프세요?
o*.di.ga/a.peu.se.yo
哪裡不舒服嗎？

B 감기에 걸린 것 같습니다.

gam.gi.e/go*l.lin/go*t/gat.sseum.ni.da

我好像感冒了。

B 어젯밤부터 열이 나고 두통도 심합니다.

o*.jet.bam.bu.to*/yo*.ri/na.go/du.tong.do/sim.ham.
ni.da

從昨天晚上就開始發燒，頭痛也很嚴重。

A 다른 증상은 없습니까?

da.reun/jeung.sang.eun/o*p.sseum.ni.ga

沒有其他症狀了嗎？

B 식욕이 없고 몸에 기운도 없고 피곤합니다.

si.gyo.gi/o*p.go/mo.me/gi.un.do/o*p.go/pi.gon.
ham.ni.da

沒有食欲，身體沒力疲倦。

A 집에 가셔서 약을 드시고 충분한 휴식을
취하세요.

ji.be/ga.syo*.so*/ya.geul/deu.si.go/chung.bun.han/
hyu.si.geul/chwi.ha.se.yo

回家後，吃完藥要好好休息。

B 고맙습니다. 선생님.

go.map.sseum.ni.da//so*n.se*ng.nim

謝謝您，醫生。

實用會話 – 買藥

약 사기
買藥

例 가장 가까운 약국은 어디입니까?
ga.jang/ga.ga.un/yak.gu.geun/o*.di.im.ni.ga
最近的藥局在哪裡？

例 두통약을 사고 싶어요.
du.tong.ya.geul/ssa.go/si.po*.yo
我想買頭痛的藥。

例 약 하루에 몇 번 먹습니까?
yak/ha.ru.e/myo*t/bo*n/mo*k.sseum.ni.ga
藥一天要吃幾次？

例 진통제가 있나요?
jin.tong.je.ga/in.na.yo
有止痛藥嗎？

例 멀미약 좀 주시겠어요?
mo*l.mi.yak/jom/ju.si.ge.sso*.yo
可以給我暈車藥嗎？

買藥對話

• track 064

A 감기에 좋은 약이 있어요?
gam.gi.e/jo.eun/ya.gi/i.sso*.yo
有治感冒效果很好的藥嗎？

B 어떤 증상이 있습니까?

o*.do*n/jeung.sang.i/it.sseum.ni.ga

有什麼症狀嗎？

A 콧물이 나고 목도 아파요.

kon.mu.ri/na.go/mok.do/a.pa.yo

流鼻水喉嚨痛。

B 열이 있습니까?

yo*.ri/it.sseum.ni.ga

有發燒嗎？

A 열은 없습니다.

yo*.reun/o*p.sseum.ni.da

沒有發燒。

B 그러면 이 약을 드시면 됩니다.

geu.ro*.myo*n/i/ya.geul/deu.si.myo*n/dwem.ni.da

那吃這個藥就可以了。

A 이 약은 어떻게 복용하나요?

i/ya.geun/o*.do*.ke/bo.gyong.ha.na.yo

這個藥要怎麼吃？

B 하루에 세 번 식후 드시면 됩니다.

ha.ru.e/se/bo*n/si.ku/deu.si.myo*n/dwem.ni.da

一天三次飯後吃。

實用會話 – 換髮型

헤어스타일 바꾸기
換髮型

例 머리 염색을 하고 싶습니다.
mo*.ri/yo*m*.se*.geul/ha.go/sip.sseum.ni.da
我想染頭髮。

例 기를 거니까 조금만 잘라 주세요.
gi.reul/go*.ni.ga/jo.geum.man/jal.la/ju.se.yo
我頭髮要留長，頭髮修一下就好。

例 앞머리는 자르지 않아도 됩니다.
am.mo*.ri.neun/ja.reu.ji/a.na.do/dwem.ni.da
可以不用剪劉海。

例 굵은 웨이브로 해 주세요.
gul.geun/we.i.beu.ro/he*/ju.se.yo
我要燙大捲。

例 층 많이 내지 마세요.
cheung/ma.ni/ne*.ji/ma.se.yo
頭髮層次不要打太薄。

例 다듬기만 할게요.
da.deum.gi.man/hal.ge.yo
頭髮稍微修一修就好。

例 거울을 보여 주세요.
go*.u.reul/bo.yo*/ju.se.yo
請給我照鏡子。

例 앞머리 다듬어 주세요.
am.mo*.ri/da.deu.mo*/ju.se.yo
請幫我修剪瀏海。

例 파마하려면 시간이 얼마나 걸려요?
pa.ma.ha.ryo*.myo*n/si.ga.ni/o*l.ma.na/go*l.lyo*.yo
如果想燙頭髮，要花多少時間呢？

例 가르마를 어느 쪽으로 타세요?
ga.reu.ma.reul/o*.neu/jjo.geu.ro/ta.se.yo
您的髮線分哪一邊呢？

例 머리 스타일은 그냥 원래대로 해 주세요.
mo*.ri/seu.ta.i.reun/geu.nyang/wol.le*.de*.ro/he*/
ju.se.yo
髮型維持不變。

美髮院對話

• track 066

A 어떻게 해 드릴까요?
o*.do*.ke/he*/deu.ril.ga.yo
要幫您用什麼髮型？

B 헤어스타일을 바꾸고 싶은데요.
he.o*.seu.ta.i.reul/ba.gu.go/si.peun.de.yo
我想換髮型。

A 파마를 하실 거예요, 커트를 하실 거예요?
pa.ma.reul/ha.sil/go*.ye.yo//ko*.teu.reul/ha.sil/go*.
ye.yo
您要燙頭髮還是剪頭髮？

B 파마를 해 주세요.

pa.ma.reul/he*/ju.se.yo

請幫我燙頭髮。

A 머리 염색도 같이 하시겠어요?

mo*.ri/yo*m.se*k.do/ga.chi.ha.si.ge.sso*.yo

要順便染髮嗎？

B 네, 갈색으로 염색해 주세요.

ne//gal.sse*.geu.ro/yo*m.se*.ke*/ju.se.yo

好，請幫我染褐色。

A 다 됐습니다. 거울을 보세요.

da/dwe*t.sseum.ni.da//go*.u.reul/bo.se.yo

都好了，請照鏡子。

實用會話 – 洗衣店

세탁소
洗衣店

例 이 양복바지 세탁 좀 해 주세요.
i/yang.bok.ba.ji/se.tak/jom/he*/ju.se.yo
請幫我洗這件西裝褲。

例 단추를 달아 주세요.
dan.chu.reul/da.ra/ju.se.yo
請幫我縫上扣子。

例 허리둘레를 좀 줄여 주세요.
ho*.ri.dul.le.reul/jjom/ju.ryo*/ju.se.yo
請幫我將腰圍縮小一點。

例 이 청바지 길이 좀 줄여 주세요.
i/cho*ng.ba.ji/gi.ri/jom/ju.ryo*/ju.se.yo
這件牛仔褲的長度幫我弄短一點。

例 옷이 좀 찢어졌는데 좀 꿰매 주시겠어요?
o.si/jom/jji.jo*.jo*n.neun.de/jom/gwe.me*/ju.si.ge.
sso*.yo
衣服有點破掉，可以幫我縫起來嗎？

洗衣店對話　　　　　　• track 068

Ⓐ 아저씨, 이 원피스 세탁 좀 해 주세요.
a.jo*.ssi//i/won.pi.seu/se.tak/jom/he*/ju.se.yo
大叔，請幫我洗這件連身洋裝。

Ⓑ 네, 주세요.

ne//ju.se.yo

好的，給我。

Ⓐ 이런 얼룩은 제거할 수 있습니까?

i.ro*n/o*l.lu.geun/je.go*.hal/ssu/it.sseum.ni.ga

這種汙漬可以去除嗎？

Ⓑ 좀 오래된 얼룩인 것 같은데 잘 지워질지
는 모르겠네요.

jom/o.re*.dwen/o*l.lu.gin/go*t/ga.teun.de/jal/ji.wo.
jil.ji.neun/mo.reu.gen.ne.yo

好像是有點久的汙漬，不知道能不能洗乾淨。

Ⓐ 정말 아끼는 옷이에요. 잘 부탁드려요.

jo*ng.mal/a.gi.neun/o.si.e.yo//jal/bu.tak.deu.ryo*.yo

這是我很珍惜的衣服，再麻煩您了。

Ⓐ 세탁 후 다림질도 해 주세요.

se.tak/hu/da.rim.jil.do/he*/ju.se.yo

洗好後，也順便幫我燙一下。

Ⓑ 알겠습니다.

al.get.sseum.ni.da

好的。

Ⓐ 언제 찾으러 오면 돼요?

o*n.je/cha.jeu.ro*/o.myo*n/dwe*.yo

什麼時候可以來拿衣服？

Ⓑ 이틀 후면 찾아 오실 수 있습니다.

i.teul/hu.myo*n/cha.ja/o.sil/su/it.sseum.ni.da

兩天後您就可以過來拿了。

實用會話 – 加油站

주유소
加油站

例 기름이 다 떨어졌는데 주유소가 안 보이네.
gi.reu.mi/da/do*.ro*.jo*n.neun.de/ju.yu.so.ga/an/
bo.i.ne
快沒油了，還沒看到加油站呢！

例 가득 채워 주세요.
ga.deuk/che*.wo/ju.se.yo
請幫我加滿。

例 보통으로 만원어치 넣어 주세요.
bo.tong.eu.ro/ma.nwo.no*.chi/no*.o*/ju.se.yo
請幫我加一萬韓圜普通的汽油。

例 유리창을 닦아 주세요.
yu.ri.chang.eul/da.ga/ju.se.yo
請幫我擦車窗。

例 세차가 필요합니다.
se.cha.ga/pi.ryo.ham.ni.da
我需要洗車。

加油站對話

A 어서 오세요. 어떤 것을 넣으시겠어요?
o*.so*/o.se.yo//o*.do*n/go*.seul/no*.eu.si.ge.sso*.yo
歡迎光臨，要加什麼油？

B 보통 휘발유를 넣어 주세요.

bo.tong/hwi.bal.lyu.reul/no*.o*/ju.se.yo

請幫我加一般的汽油。

A 얼마나 넣어 드릴까요?

o*l.ma.na/no*.o*/deu.ril.ga.yo

要幫您加多少？

B 2만원어치 넣어 주세요.

i.ma.nwo.no*.chi/no*.o*/ju.se.yo

請幫我加兩萬韓幣。

A 다 됐습니다. 세차를 하시겠습니까?

da/dwe*t.sseum.ni.da//se.cha.reul/ha.si.get.sseum.ni.ga

加好了，您要洗車嗎？

B 세차는 필요없어요.

se.cha.neun/pi.ryo.o*p.sso*.yo

不用洗車。

B 카트로 내겠습니다.

ka.teu.ro/ne*.get.sseum.ni.da

我要刷卡。

A 여기에 사인해 주세요.

yo*.gi.e/sa.in.he*/ju.se.yo

請在這裡簽名。

3

都
市
篇

實用會話 – 寄包裹

소포 보내기
寄包裹

例 소포를 부치러 우체국에 가요.

so.po.reul/bu.chi.ro*/u.che.gu.ge/ga.yo

去郵局寄包裹。

例 이 편지를 속달로 부치고 싶은데요.

i/pyo*n.ji.reul/ssok.dal.lo/bu.chi.go/si.peun.de.yo

我想用快遞寄這封信。

例 대만까지 항공편으로 소포를 보내려면 얼
마예요?

de*.man.ga.ji/hang.gong.pyo*.neu.ro/so.po.reul/bo.
ne*.ryo*.myo*n/o*l.ma.ye.yo

用空運寄包裹到台灣要多少錢？

例 이거 부치는데 우표 얼마짜리 붙여요?

i.go*/bu.chi.neun.de/u.pyo.o*l.ma.jja.ri/bu.tyo*.yo

我要寄這個，請問要貼多少錢的郵票？

例 소포가 언제 대만에 도착하나요?

so.po.ga/o*n.je/de*.ma.ne/do.cha.ka.na.yo

包裹什麼時候會送達台灣？

寄包裹對話

A 이 소포를 대만에 보내고 싶습니다.
i/so.po.reul/de*.ma.ne/bo.ne*.go/sip.sseum.ni.da
我想把這個包裹寄到台灣。

B 항공편입니까, 선편입니까?
hang.gong.pyo*.nim.ni.ga//so*n.pyo*.nim.ni.ga
您要空運，還是船運？

A 선편으로 부탁합니다.
so*n.pyo*.neu.ro/bu.ta.kam.ni.da
請幫我用船運寄出。

B 소포의 내용물은 무엇입니까?
so.po.ui/ne*.yong.mu.reun/mu.o*.sim.ni.ga
包裹的內容物為何？

A 생활용품입니다.
se*ng.hwa.ryong.pu.mim.ni.da
是一些生活用品。

A 선편으로 보내면 시간이 얼마나 걸립니까?
so*n.pyo*.neu.ro/bo.ne*.myo*n/si.ga.ni/o*l.ma.na/
go*l.lim.ni.ga
用船運寄要花多久時間？

B 대만까지 한 달 이상 걸릴 겁니다.
de*.man.ga.ji/han.dal/i.sang/go*l.lil/go*m.ni.da
到台灣要一個月以上。

實用會話 – 領錢

> 돈 찾기
> 領錢

例 근처에 은행이 있나요?

geun.cho*.e/eun.he*ng.i/in.na.yo

這附近有銀行嗎？

例 편의점에 ATM이 있습니다.

pyo*.nui.jo*.me/a.t.m.i/it.sseum.ni.da

便利商店有 ATM。

例 방금 현금자동지급기에서 돈을 인출했어요.

bang.geum/hyo*n.geum.ja.dong.ji.geup.gi.e.so*/do.neul/in.chul.he*.sso*.yo

剛才在自動提款機領了錢。

例 현금카드를 만들고 싶습니다.

hyo*n.geum.ka.deu.reul/man.deul.go/sip.sseum.ni.da

我想辦現金卡。

例 돈이 부족해. 카드로 내겠어요.

do.ni/bu.jo.ke*//ka.deu.ro/ne*.ge.sso*.yo

錢不夠，我要刷卡。

👥 **銀行領錢對話** • track 074

Ⓐ 돈을 찾고 싶습니다.

do.neul/chat.go/sip.sseum.ni.da

我想領錢。

B 저희 은행 통장을 가져 오셨습니까?

jo*.hi/eun.he*ng/tong.jang.eul/ga.jo*/o.syo*t.

sseum.ni.ga

您有帶我們銀行的存款簿嗎？

A 네, 여기에 있습니다.

ne//yo*.gi.e/it.sseum.ni.da

有，在這裡。

B 현금 얼마를 인출하시겠어요?

hyo*n.geum/o*l.ma.reul/in.chul.ha.si.ge.sso*.yo

您要領多少現金？

A 사십만원을 인출하겠어요.

sa.sim.ma.nwo.neul/in.chul.ha.ge.sso*.yo

我要領四十萬韓圜。

B 비밀번호를 눌러 주세요.

bi.mil.bo*n.ho.reul/nul.lo*/ju.se.yo

請按您的密碼。

B 현금 사십만원입니다. 확인해 보세요.

hyo*n.geum/sa.sim.ma.nwo.nim.ni.da//hwa.gin.he*/

bo.se.yo

這裡是現金四十萬韓幣，請確認。

實用會話 - 體育活動

스포츠
體育活動

例 좋아하는 스포츠 있어요?
jo.a.ha.neun/seu.po.cheu/i.sso*.yo
你有喜歡的體育活動嗎?

例 어디 팬이세요?
o*.di/pe*.ni.se.yo
你是哪裡的粉絲?

例 어제 축구 시합은 어땠어요?
o*.je/chuk.gu/si.ha.beun/o*.de*.sso*.yo
昨天足球比賽怎麼樣了?

例 이대 일로 지고 말았어요.
i.de*/il.lo/ji.go/ma.ra.sso*.yo
二比一輸掉了。

例 괜찮아. 파이팅!
gwe*n.cha.na//pa.i.ting
沒關係,加油!

邀請看球賽

• track 076

A 너도 야구 좋아하지?
no*.do/ya.gu/jo.a.ha.ji
你也喜歡棒球吧?

B 응, 난 열혈 야구팬이야.

eung/nan/yo*l.hyo*l/ya.gu.pe*n.i.ya

恩,我是熱血棒球迷。

A 나한태 야구경기관람권 두 장 있는데 같이 보러 갈까?

na.han.te*/ya.gu.gyo*ng.gi.gwal.lam.gwon/du/jang/in.neun.de/ga.chi/bo.ro*/gal.ga

我有兩張棒球賽票,要不要一起去看?

B 나 가도 돼? 민준형이랑 같이 안 가?

na/ga.do/dwe*//min.jun.hyo*ng.i.rang/ga.chi/an/ga

我可以去嗎?你不跟敏俊哥哥去嗎?

A 오빠가 일이 있어서 못 가.

o.ba.ga/i.ri/i.sso*.so*/mot/ga

哥哥有事不能去。

B 고마워. 누나. 갈래.

go.ma.wo//nu.na//gal.le*

謝謝,姊,我要去。

A 그래. 일요일 저녁 6시야. 늦지 마.

geu.re*//i.ryo.il/jo*.nyo*k/yo*.so*t.ssi.ya//neut.jji/ma

恩,星期天晚上六點,不要遲到了。

實用會話 – 求職

구직
求職

例 일을 구하고 있습니다.
i.reul/gu.ha.go/it.sseum.ni.da
我在找工作。

例 면접은 합격했습니다.
myo*n.jo*.beun/hap.gyo*.ke*t.sseum.ni.da
我面試合格了。

例 아직 소식이 없어요.
a.jik/so.si.gi/o*p.sso*.yo
還沒有消息。

例 졸업하면 취직하고 싶습니다.
jo.ro*.pa.myo*n/chwi.ji.ka.go/sip.sseum.ni.da
畢業後想就業。

例 좋은 직장을 구하기 힘드네요.
jo.eun/jik.jjang.eul/gu.ha.gi/him.deu.ne.yo
很難找到好工作。

 求職面試　　　　　• track 078

A 저희 회사 선택한 이유를 말씀해 보시겠
습니까?
jo*.hi/hwe.sa/so*n.te*.kan/i.yu.reul/mal.sseum.he*/
bo.si.get.sseum.ni.ga
請說說看為何選擇我們公司。

B 예전부터 자동차에 큰 관심을 가지고 있습니다.

ye.jo*n.bu.to*/ja.dong.cha.e/keun/gwan.si.meul/ga.ji.go/it.sseum.ni.da

我從以前就對汽車很感興趣。

B 나름대로 자동차에 대한 연구도 많이 했습니다.

na.reum.de*.ro/ja.dong.cha.e/de*.han/yo*n.gu.do/ma.ni/he*t.sseum.ni.da

也獨自研究了很多與汽車相關的事。

B 귀사같은 자동차 기업에서 제 능력을 발휘하고 싶습니다.

gwi.sa.ga.teun/ja.dong.cha/gi.o*.be.so*/je/neung.nyo*.geul/bal.hwi.ha.go/sip.sseum.ni.da

所以想在如貴公司一般的汽車企業好好發揮我的能力。

A 이력서를 보니까 영어는 잘하시는 것 같군요.

i.ryo*k.sso*.reul/bo.ni.ga/yo*ng.o*.neun/jal.ha.ssi.neun/go*t/gat.gu.nyo

看你的履歷，英文能力似乎不錯。

B 네, 대학을 졸업한 후 미국에서 이년동안 생활한 적이 있습니다.

ne/de*.ha.geul/jjo.ro*.pan/hu/mi.gu.ge.so*/i.nyo*n.dong.an/se*ng.hwal.han/jo*.gi/it.sseum.ni.da

是的，我大學畢業後在美國生活過兩年。

Ⓐ 저희 회사에 들어오시면 어떤 일을 하고
싶습니까?

jo*.hi/hwe.sa.e/deu.ro*.o.si.myo*n/o*.do*n/i.reul/
ha.go/sip.sseum.ni.ga

如果進入我們公司，你想做什麼樣的工作？

Ⓑ 판매 업무를 하고 싶습니다.

pan.me*/o*m.mu.reul/ha.go/sip.sseum.ni.da

我想做銷售業務。

Ⓐ 원하시는 연봉이 얼마입니까?

won.ha.si.neun/yo*n.bong.i/o*l.ma.im.ni.ga

你希望的年薪是多少？

Ⓑ 연봉은 최하 4천만원을 원합니다.

yo*n.bong.eun/chwe.ha/sa.cho*n.ma.nwo.neul/won.
ham.ni.da

我希望年薪最低有 4 千萬韓圜。

Ⓐ 채용이 되면 바로 출근 가능하십니까?

che*.yong.i/dwe.myo*n/ba.ro/chul.geun/ga.neung.
ha.sim.ni.ga

如果被錄取了，你可以馬上來上班嗎？

Ⓑ 네, 물론입니다.

ne//mul.lo.nim.ni.da

當然可以。

Ⓐ 면접은 끝났습니다. 가셔도 됩니다.

myo*n.jo*.beun/geun.nat.sseum.ni.da//ga.syo*.do/
dwem.ni.da

面試結束了，你可以走了。

實用會話－打工

> 아르바이트
> 打工

例 아르바이트를 찾고 있습니다.
a.reu.ba.i.teu.reul/chat.go/it.sseum.ni.da
我在找打工。

例 아르바이트 그만두고 싶어요.
a.reu.ba.i.teu/geu.man.du.go/si.po*.yo
我想把打工辭掉。

例 아르바이트 경험이 있습니까?
a.reu.ba.i.teu/gyo*ng.ho*.mi/it.sseum.ni.ga
你有打工的經驗嗎？

例 오늘 수업 끝나고 바로 알바 가야 해요.
o.neul/ssu.o*p/geun.na.go/ba.ro/al.ba/ga.ya/he*.yo
我今天下課後，要馬上去打工。

例 주말 알바생을 구합니다.
ju.mal/al.ba.se*ng.eul/gu.ham.ni.da
我們正在招募周末打工的學生。

打工對話

Ⓐ 이번 여름방학에 뭐 하고 싶은 거 있어?
i.bo*n/yo*.reum.bang.ha.ge/mwo/ha.go/si.peun/go*
/i.sso*
這次暑假你有什麼想做的事嗎？

B 돈이 좀 필요해서 아르바이트 하고 싶어.
do.ni/jom/pi.ryo.he*.so*/a.reu.ba.i.teu/ha.go/si.po*
有點需要錢，想去打工。

B 어디, 좋은 아르바이트 소개 좀 해 줘.
o*.di//jo.eun/a.reu.ba.i.teu/so.ge*/jom/he*/jwo
哪裡有不錯的打工，介紹給我吧！

A 내가 지금 알바 하는 서점에서 사람 구하
고 있는데 올래?
ne*.ga/ji.geum/al.ba/ha.neun/so*.jo*.me.so*/sa.
ram/gu.ha.go/in.neun.de/ol.le*
我現在打工的書店在找人，你要來嗎？

B 시급이 어때? 많아?
si.geu.bi/o*.de*//ma.na
時薪怎麼樣？多嗎？

A 시급은 6000원정도야.
si.geu.beun/yuk.cho*.nwon.jo*ng.do.ya
時薪是 6000 韓圜左右。

B 그래? 안 힘들어?
geu.re*//an/him.deu.ro*
是嗎？不辛苦嗎？

A 책들이 조금 무거울 뿐 안 힘들어.
che*k.deu.ri/jo.geum/mu.go*.ul/bun/an/him.deu.ro*
只是書有點重而已，不辛苦。

核心單字

도시	都市
do.si	

例 도시는 시골보다 교통이 편합니다.

do.si.neun/si.gol.bo.da/gyo.tong.i/pyo*n.ham.ni.da

都市比鄉下交通便利。

편리하다	便利、方便
pyo*l.li.ha.da	

例 현대인들의 생활은 많이 편리해졌다.

hyo*n.de*.in.deu.rui/se*ng.hwa.reun/ma.ni/pyo*l.li.

he*.jo*t.da

現代人的生活變得很便利。

복잡하다	複雜、亂
bok.jja.pa.da	

例 서울 지하철은 아주 복잡해요.

so*.ul/ji.ha.cho*.reun/a.ju/bok.jja.pe*.yo

首爾地鐵很複雜。

유행하다	流行
yu.he*ng.ha.da	

例 이건 요즘 유행하는 노래인데요.

i.go*n/yo.jeum/yu.he*ng.ha.neun/no.re*.in.de.yo

這是最近流行的歌曲。

시끄럽다	吵雜、吵鬧
si.geu.ro*p.da	

例 시끄럽게 해서 미안합니다.

si.geu.ro*p.ge/he*.so*/mi.an.ham.ni.da

對不起吵到您了。

쇼핑몰	購物中心
syo.ping.mol	

例 어디 대형 쇼핑몰이 있어요?

o*.di/de*.hyo*ng/syo.ping.mo.ri/i.sso*.yo

哪裡有大型的購物中心？

번화가	鬧區、繁華街
bo*n.hwa.ga	

例 여기는 서울에서 가장 인기 있는 번화가
입니다.

yo*.gi.neun/so*.u.re.so*/ga.jang/in.gi/in.neun/bo*n.
hwa.ga.im.ni.da

這裡是首爾很有名的繁華街。

빌딩	高樓大廈
bil.ding	

例 광화문에는 높은 빌딩들이 많습니다.

gwang.hwa.mu.ne.neun/no.peun/bil.ding.deu.ri/
man.sseum.ni.da

光化門那邊有很多高樓大廈。

自然環境篇

자연환경을 지키는 것이 우리의
의무입니다.
守護自然環境是我們的義務。

主格助詞 – 有尾音名詞 + 이
　　　　　（表示主語的性質、狀態）

> 환경이 깨끗해요.
> 環境乾淨

解析

主格助詞이/가前方的名詞，為後面所敘述或形容的
主體。若後方接「形容詞」，則表示主語的性質、狀
態。有尾音的名詞後方接이，無尾音的名詞後方接
가。

例 겨울이 추워요.
gyo*.u.ri/chu.wo.yo
冬天冷。

例 여름이 더워요.
yo*.reu.mi/do*.wo.yo
夏天熱。

例 가을이 시원해요.
ga.eu.ri/si.won.he*.yo
秋天涼爽。

例 봄이 따뜻해요.
bo.mi/da.deu.te*.yo
春天溫暖。

例 사계절이 뚜렷해요.
sa.gye.jo*.ri/du.ryo*.te*.yo
四季分明。

4

主格助詞 – 無尾音名詞＋가
（表示主語的性質、狀態）

호수가 깊어요.
湖水深

解析

主格助詞이/가前方的名詞，為後面所敘述或形容的主體。若後方接「形容詞」，則表示主語的性質、狀態。有尾音的名詞後方接이，無尾音的名詞後方接가。

例 모래가 뜨거워요.
mo.re*.ga/deu.go*.wo.yo
沙子燙。

例 파도가 강해요.
pa.do.ga/gang.he*.yo
波浪強。

例 폭포가 아름다워요.
pok.po.ga/a.reum.da.wo.yo
瀑布美麗。

例 바다가 넓어요.
ba.da.ga/no*p.o*.yo
大海寬廣。

例 강아지가 귀여워요.
gang.a.ji.ga/gwi.yo*.wo.yo
小狗可愛。

主格助詞 - 有尾音名詞＋이
（表示主語的行動、變化）

바람이 불어요.

颱風

解析

主格助詞이/가前方的名詞，為後方動作或狀態變化的主體。若後方接「動詞」，則表示主語的行動、變化。有尾音的名詞後方接이，無尾音的名詞後方接가。

例 눈이 와요.

nu.ni/wa.yo

下雪。

例 태풍이 지나가요.

te*.pung.i/ji.na.ga.yo

颱風經過。

例 형이 시골에 내려가요.

hyo*ng.i/si.go.re/ne*.ryo*.ga.yo

哥哥去鄉下。

例 학생이 공부해요.

hak.sse*ng.i/gong.bu.he*.yo

學生學習。

例 선생님이 지리를 가르쳐요.

so*n.se*ng.ni.mi/ji.ri.reul/ga.reu.cho*.yo

老師教地理。

4

自然環境篇

主格助詞 – 無尾音名詞＋가
　　　　　（表示主語的行動、變化）

비가 와요.
下雨

解析

主格助詞이/가前方的名詞，為後方動作或狀態變化
的主體。若後方接「動詞」，則表示主語的行動、變
化。有尾音的名詞後方接이，無尾音的名詞後方接
가。

例 비가 그쳐요.
bi.ga/geu.cho*.yo
雨停。

例 날씨가 더워져요.
nal.ssi.ga/do*.wo.jo*.yo
天氣變熱。

例 내가 해요.
ne*.ga/he*.yo
我來做。（我나＋主格助詞가＝내가）

例 제가 사과합니다.
je.ga/sa.gwa.ham.ni.da
我道歉。（我저＋主格助詞가＝제가）

例 친구가 사진을 찍어요.
chin.gu.ga/sa.ji.neul/jji.go*.yo
朋友拍照。

格式體尊敬形終結語尾 – 名詞 + 입니다

산입니다.
是山

解析

이다（是）的格式體尊敬形終結語尾的型態為「입니다」。「格式體尊敬形終結語尾」使用在相當正式的場合上，例如演講、開會、播報新聞、生意場合，以及和長輩談話等，是比「非格式體尊敬形終結語尾」更鄭重的說話方式。

例 섬입니다.
　　so*.mim.ni.da
　　是島嶼。

例 평야입니다.
　　pyo*ng.ya.im.ni.da
　　是平原。

例 초원입니다.
　　cho.wo.nim.ni.da
　　是草原。

例 논밭입니다.
　　non.ba.chim.ni.da
　　是田地。

例 화산입니다.
　　hwa.sa.nim.ni.da
　　是火山。

4

格式體疑問形終結語尾－名詞＋입니까?

해안입니까?

是海岸嗎？

解析

이다 (是) 的格式體尊敬形終結語尾為「입니다」，
疑問形為「입니까?」。

例 강입니까?

gang.im.ni.ga

是江嗎？

例 사막입니까?

sa.ma.gim.ni.ga

是沙漠嗎？

例 못입니까?

mo.sim.ni.ga

是池塘嗎？

例 암석입니까?

am.so*.gim.ni.ga

是岩石嗎？

例 돌입니까?

do.rim.ni.ga

是石頭嗎？

格式體尊敬形終結語尾 – 有尾音名詞 + 이 아닙니다.

흙이 아닙니다.
不是泥土

解析

> 아니다（不是）的格式體尊敬形終結語尾的型態為
> 「아닙니다」。「格式體尊敬形終結語尾」使用在相
> 當正式的場合上，例如演講、開會、播報新聞、生意
> 場合，以及和長輩談話等，是比「非格式體尊敬形終
> 結語尾」更鄭重的說話方式。

例 대륙이 아닙니다.
de*.ryu.gi/a.nim.ni.da
不是大陸。

例 삼림이 아닙니다.
sam.ni.mi/a.nim.ni.da
不是森林。

例 고원이 아닙니다.
go.wo.ni/a.nim.ni.da
不是高原。

例 하천이 아닙니다.
ha.cho*.ni/a.nim.ni.da
不是河川。

例 계곡이 아닙니다.
gye.go.gi/a.nim.ni.da
不是山谷。

4

格式體尊敬形終結語尾－無尾音名詞＋가 아닙니다.

> 나무가 아닙니다.
> 不是樹

解析

아니다（不是）的格式體尊敬形終結語尾的型態為「아닙니다」。前方的名詞，若有尾音接主格助詞이；無尾音就接主格助詞가。

例 육지가 아닙니다.
yuk.jji.ga/a.nim.ni.da
不是陸地。

例 배가 아닙니다.
be*.ga/a.nim.ni.da
不是船。

例 물고기가 아닙니다.
mul.go.gi.ga/a.nim.ni.da
不是魚。

例 열매가 아닙니다.
yo*l.me*.ga/a.nim.ni.da
不是果實。

例 새가 아닙니다.
se*.ga/a.nim.ni.da
不是鳥。

格式體疑問形終結語尾－名詞＋이/가 아닙니까?

고래가 아닙니까?
不是鯨魚嗎？

解析

아니다（不是）的格式體尊敬形終結語尾為「아닙니다」，疑問形為「아닙니까?」。前方的名詞，若有尾音接主格助詞이；無尾音就接主格助詞가。

例 상어가 아닙니까?
sang.o*.ga/a.nim.ni.ga
不是鯊魚嗎？

例 악어가 아닙니까?
a.go*.ga/a.nim.ni.ga
不是鱷魚嗎？

例 원숭이가 아닙니까?
won.sung.i.ga/a.nim.ni.ga
不是猴子嗎？

例 식물이 아닙니까?
sing.mu.ri/a.nim.ni.ga
不是植物嗎？

例 동물이 아닙니까?
dong.mu.ri/a.nim.ni.ga
不是動物嗎？

尊敬形應答詞 – 예/네/아니요

네, 맞습니다.
是的，沒錯

解析

在韓語中，如果要回應他人的話，會使用「예/네」
或「아니요」兩種。如果要肯定他人的話，可以使用
「예」或「네」，中文可譯成「是的、對」。如果要
否定他人的話，可以使用「아니요」，中文可譯成
「不是、不對」。

Ⓐ 사자입니까?
　 sa.ja.im.ni.ga
　 是獅子嗎？

Ⓑ 네, 사자입니다.
　 ne//sa.ja.im.ni.da
　 對，是獅子。
　 아니요, 사자가 아닙니다.
　 a.ni.yo//sa.ja.ga/a.nim.ni.da
　 不，不是獅子。

Ⓐ 곰이 아니에요?
　 go.mi/a.ni.e.yo
　 不是熊嗎？

Ⓑ 예, 곰이 아니에요.
　 ye//go.mi/a.ni.e.yo
　 對，不是熊。

格式體尊敬形終結語尾－形容詞語幹無尾音＋ㅂ
니다.

풍경이 예쁩니다.
風景漂亮

解析

「格式體尊敬形終結語尾」使用在相當正式的場合
上，例如演講、開會、播報新聞、生意場合，以及和
長輩談話等。其敘述形態有「－습니다」和「－ㅂ니
다」兩種。若形容詞語幹有尾音，接「습니다」，若
形容詞語幹無尾音，接「ㅂ니다」。

例 돼지가 뚱뚱합니다.
dwe*.ji.ga/dung.dung.ham.ni.da
豬胖。

例 바람이 강합니다.
ba.ra.mi/gang.ham.ni.da
風強。

例 밤이 어둡습니다.
ba.mi/o*.dup.sseum.ni.da
晚上暗。

例 토끼가 빠릅니다.
to.gi.ga/ba.reum.ni.da
兔子快。

例 거북이가 느립니다.
go*.bu.gi.ga/neu.rim.ni.da
烏龜慢。

4
自然環境篇

格式體疑問形終結語尾 – 形容詞語幹無尾音＋ㅂ
니까?

마을이 조용합니까?
村子安靜嗎？

解析

「格式體尊敬形終結語尾」使用在相當正式的場合
上，例如演講、開會、播報新聞、生意場合，以及和
長輩談話等。其疑問形態有「－습니까?」和「－ㅂ니
까?」兩種。若形容詞語幹有尾音，接「습니까?」，
若形容詞語幹無尾音，接「ㅂ니까?」。

Ⓐ 마을이 조용합니까?
ma.eu.ri/jo.yong.ham.ni.ga
村子安靜嗎？

Ⓑ 네, 마을이 조용합니다.
ne//ma.eu.ri/jo.yong.ham.ni.da
是的，村子安靜。

Ⓐ 돌이 큽니까?
do.ri/keum.ni.ga
石頭大顆嗎？

Ⓑ 아니요, 돌이 안 큽니다.
a.ni.yo//do.ri/an/keum.ni.da
不，石頭不大顆。

格式體尊敬形終結語尾 – 形容詞語幹有尾音＋습니다.

관광객이 많습니다.
觀光客很多

解析

「格式體尊敬形終結語尾」使用在相當正式的場合上，例如演講、開會、播報新聞、生意場合，以及和長輩談話等。其敘述形態有「－습니다」和「－ㅂ니다」兩種。若形容詞語幹有尾音，接「습니다」，若形容詞語幹無尾音，接「ㅂ니다」。

例 호랑이가 무섭습니다.
ho.rang.i.ga/mu.so*p.sseum.ni.da
老虎可怕。

例 여관이 낡습니다.
yo*.gwa.ni/nak.sseum.ni.da
旅館老舊。

例 관광지가 시끄럽습니다.
gwan.gwang.ji.ga/si.geu.ro*p.sseum.ni.da
觀光地很吵。

例 꼬리가 짧습니다.
go.ri.ga/jjal.sseum.ni.da
尾巴短。

例 화장실이 더럽습니다.
hwa.jang.si.ri/do*.ro*p.sseum.ni.da
廁所髒。

格式體疑問形終結語尾－形容詞語幹有尾音＋습니까？

경치가 좋습니까?

景色好看嗎？

解析

「格式體尊敬形終結語尾」使用在相當正式的場合上，例如演講、開會、播報新聞、生意場合，以及和長輩談話等。其疑問形態有「－습니까?」和「－ㅂ니까?」兩種。若形容詞語幹有尾音，接「습니까?」，若形容詞語幹無尾音，接「ㅂ니까?」。

Ⓐ 경치가 좋습니까?

gyo*ng.chi.ga/jo.sseum.ni.ga

景色好看嗎？

Ⓑ 네, 경치가 좋습니다.

ne//gyo*ng.chi.ga/jo.sseum.ni.da

是的，景色好看。

Ⓐ 물이 깊습니까?

mu.ri/gip.sseum.ni.ga

水深嗎？

Ⓑ 아니요, 물이 안 깊습니다.

a.ni.yo//mu.ri/an/gip.sseum.ni.da

不，水不深。

副詞 – 안 + 形容詞（否定狀態）

> 안 추워요.
>
> **不冷**

解析

안為副詞，接在動詞或形容詞前方，用來否定某一動作或狀態。中文可譯成「不～」。

例 안 작아요.
an/ja.ga.yo
不小。

例 안 커요.
an/ko*.yo
不大。

例 안 더워요.
an/do*.wo.yo
不熱。

例 안 건조해요.
an/go*n.jo.he*.yo
不乾燥。

例 안 습해요.
an/seu.pe*.yo
不潮濕。

4

句型 – 形容詞＋지 않다（否定狀態）

크지 않아요.
不大

解析

지 않다接在形容詞語幹後方，用來否定某一狀態，中
文可譯成「不～」。與前一頁的「안」同義。

例 작지 않아요.
jak.jji/a.na.yo
不小。

例 춥지 않아요.
chup.jji/a.na.yo
不冷。

例 덥지 않아요.
do*p.jji/a.na.yo
不熱。

例 건조하지 않아요.
go*n.jo.ha.ji/a.na.yo
不乾燥。

例 습하지 않아요.
seu.pa.ji/a.na.yo
不潮濕。

冠詞形語尾 － 形容詞語幹無尾音＋ㄴ N

나쁜 날씨.

壞天氣

解析

接在形容詞語幹後方，用來修飾後面的名詞，表示事物現在的性質或狀態。形容詞語幹無尾音接「ㄴ」；形容詞語幹有尾音接「은」。

例 건조한 사막.

go*n.jo.han/sa.mak

乾燥的沙漠。

例 뚱뚱한 사람.

dung.dung.han/sa.ram

胖胖的人。

例 습한 곳.

seu.pan/got

潮濕的地方。

例 추운 나라.

chu.un/na.ra

寒冷的國家。

例 마른 개.

ma.reun/ge*

乾瘦的狗。

4

冠詞形語尾 – 形容詞語幹有尾音 + 은 N

많은 사람들
很多人

解析

接在形容詞語幹後方，用來修飾後面的名詞，表示事物現在的性質或狀態。形容詞語幹無尾音接「ㄴ」；形容詞語幹有尾音接「은」。

例 좋은 호텔.
jo.eun/ho.tel
好的飯店。

例 짧은 머리.
jjal.beun/mo*.ri
短頭髮。

例 낡은 가구.
nal.geun/ga.gu
舊家具。

例 좁은 교실.
jo.beun/gyo.sil
狹小的教室。

例 넓은 평야.
no*p.eun/pyo*ng.ya
寬廣的平原。

句型 – 形容詞 + 아/어지다

기온이 높아져요.
氣溫變高

解析

아/어지다接在形容詞語幹後方，表示狀態的「變化」，中文可譯成「變成…」。形容詞語幹母音為ㅏ或ㅗ時，接아지다；形容詞語幹母音不是ㅏ或ㅗ時，接어지다。

例 물이 깊어져요.
mu.ri/gi.po*.jo*.yo
水變深。

例 날씨가 좋아져요.
nal.ssi.ga/jo.a.jo*.yo
天氣變好。

例 태풍이 강해집니다.
te*.pung.i/gang.he*.jim.ni.da
颱風變強。

例 짐이 가벼워져요.
ji.mi/ga.byo*.wo.jo*.yo
行李變輕。

例 사람이 많아집니다.
sa.ra.mi/ma.na.jim.ni.da
人變多。

實用會話 – 環境汙染問題

환경오염문제
環境汙染問題

例 자연환경의 보호 문제는 매우 중요합니다.

ja.yo*n.hwan.gyo*ng.ui/bo.ho/mun.je.neun/me*.u/
jung.yo.ham.ni.da

自然環境的保護問題很重要。

例 우리는 후손을 위해 지구를 보호할 책임
이 있다.

u.ri.neun/hu.so.neul/wi.he*/ji.gu.reul/bo.ho.hal/
che*.gi.mi/it.da

為了後代子孫，我們有保護地球的責任。

例 지구환경은 이제 누구나 관심 가져야 할
중요한 문제입니다.

ji.gu.hwan.gyo*ng.eun/i.je/nu.gu.na/gwan.sim/ga.
jo*.ya/hal/jjung.yo.han/mun.je.im.ni.da

地球環境是現在大家都需要關心的重要課題。

例 지구온난화는 지구 표면의 평균온도가 상
승하는 현상이다.

ji.gu.on.nan.hwa.neun/ji.gu/pyo.myo*.nui/pyo*ng.
gyu.non.do.ga/sang.seung.ha.neun/hyo*n.sang.i.da

地球溫暖化是指地球表面平均溫度升高的現象。

例 함께 지구를 보호하자.

ham.ge/ji.gu.reul/bo.ho.ha.ja

一起保護地球吧。

후손	名詞	子孫、後代子孫
책임	名詞	責任
관심	名詞	關心、關注
가지다	動詞	具備、攜帶
평균	名詞	平均
상승하다	動詞	上升

地球的環境問題

지구의 온난화	地球溫暖化
ji.gu.ui/on.nan.hwa	

오존층 파괴	臭氧層破壞
o.jon.cheung/pa.gwe	

산성비	酸雨
san.so*ng.bi	

지구 사막화	地球沙漠化
ji.gu/sa.ma.kwa	

중국의 황사 현상	中國的黃沙現象
jung.gu.gui/hwang.sa/hyo*n.sang	

해수면 상승	海水面上升
he*.su.myo*n/sang.seung	

열대 우림의 감소	熱帶雨林的減少
yo*l.de*/u.ri.mui/gam.so	

實用會話 – 動物

동물
動物

例 공작을 보고 싶다.
gong.ja.geul/bo.go/sip.da
我想看孔雀。

例 동물원에 같이 갈까요?
dong.mu.rwo.ne/ga.chi/gal.ga.yo
要一起去動物園嗎？

例 참 귀여운 동물이네.
cham/gwi.yo*.un/dong.mu.ri.ne
真是可愛的動物呢！

例 오랑우탄은 자고 있어.
o.rang.u.ta.neun/ja.go/i.sso*
猩猩在睡覺。

例 곰은 몸이 크고 꼬리가 짧아요.
go.meun/mo.mi/keu.go/go.ri.ga/jjal.ba.yo
熊的身體大尾巴短。

例 뱀은 징그럽고 위험해요.
be*.meun/jing.geu.ro*p.go/wi.ho*m.he*.yo
蛇噁心又危險。

例 인도에는 코끼리가 아주 많아요.
in.do.e.neun/ko.gi.ri.ga/a.ju/ma.na.yo
印度有很多大象。

例 기린은 목이 깁니다.

gi.ri.neun/mo.gi/gim.ni.da

長頸鹿脖子很長。

例 사자는 산의 왕이다.

sa.ja.neun/sa.nui/wang.i.da

獅子是山林之王。

참	副詞	真、真的
자다	動詞	睡覺
징그럽다	形容詞	厭惡、噁心
위험하다	形容詞	危險
길다	形容詞	長

實用會話 – 植物

식물
植物

例 여기 다 아열대 식물이네요.
yo*.gi/da/a.yo*l.de*/sing.mu.ri.ne.yo
這裡都是亞熱帶植物呢！

例 이거 무슨 식물이에요?
i.go*/mu.seun/sing.mu.ri.e.yo
這是什麼植物？

例 이건 선인장이에요.
i.go*n so*.nin.jang.i.e.yo
這是仙人掌。

例 장미에 비료를 줘요.
jang.mi.e/bi.ryo.reul/jjwo.yo
給玫瑰花施肥。

例 식물이 시들면 물을 주세요.
sing.mu.ri/si.deul.myo*n/mu.reul/jju.se.yo
植物枯萎的話要澆水。

例 꽃잎이 떨어졌어요.
gon.ni.pi/do*.ro*.jo*.sso*.yo
花瓣掉落了。

例 텃밭에서 해충을 발견했어요.
to*t.ba.te.so*/he*.chung.eul/bal.gyo*n.he*.sso*.yo
在菜園裡發現了害蟲。

例 저기 벗꽃 나무가 있네요.

jo*.gi/bo*t.got/na.mu.ga/in.ne.yo

那裡有櫻花樹呢！

例 호접란 꽃이 시들었어요.

ho.jo*m.nan/go.chi/si.deu.ro*.sso*.yo

蝴蝶蘭花枯萎了。

다	副詞	都、全部
무슨	冠形詞	什麼的
시들다	動詞	枯萎、凋謝
떨어지다	動詞	落下、掉落
발견하다	動詞	發現

實用會話 – 好天氣

4
自然環境篇

좋은 날씨
好天氣

例 오늘은 날씨가 좋군요.
o.neu.reun/nal.ssi.ga/jo.ku.nyo
今天天氣很好呢！

例 날씨 진짜 좋다!
nal.ssi/jin.jja/jo.ta
天氣真好！

例 대단히 따뜻하군요.
de*.dan.hi/da.deu.ta.gu.nyo
很溫暖呢！

例 하늘이 맑고 파랗군요.
ha.neu.ri/mal.go/pa.ra.ku.nyo
天空晴朗又蔚藍呢！

例 점점 포근해지네요.
jo*m.jo*m/po.geun.he*.ji.ne.yo
漸漸變暖和了。

例 오늘은 맑아요.
o.neu.reun/mal.ga.yo
今天很晴朗。

例 비가 그쳤어요.
bi.ga/geu.cho*.sso*.yo
雨停了。

例 햇살이 빛나요.

he*t.ssa.ri/bin.na.yo

陽光奪目。

例 해가 나왔어요.

he*.ga/na.wa.sso*.yo

太陽出來了。

대단히	**副詞**	非常、相當
파랗다	**形容詞**	藍
점점	**副詞**	漸漸地
맑다	**形容詞**	晴朗
빛나다	**動詞**	閃耀、發光
나오다	**動詞**	出來

 好天氣的出遊計畫

• track 105

Ⓐ 오늘은 아주 좋은 날씨네. 어디 놀러 가자.

o.neu.reun/a.ju/jo.eun/nal.ssi.ne//o*.di/nol.lo*/ga.ja

今天天氣很好耶！我們去哪裡玩玩吧！

Ⓐ 기온도 25도쯤이고 바람도 있고.

gi.on.do/i.si.bo.do.jjeu.mi.go/ba.ram.do/it.go

氣溫也 25 度左右，又有風。

B 소풍 가기 좋은 날씨네.

so.pung/ga.gi/jo.eun/nal.ssi.ne

是個適合出遊的好天氣呢！

A 동물원에 놀러 갈까?

dong.mu.rwo.ne/nol.lo*/gal.ga

要不要去動物園玩？

B 그래. 동물원에 가는 것도 오랜만이다.

geu.re*//dong.mu.rwo.ne/ga.neun/go*t.do/o.re*n.

ma.ni.da

好，也好久沒去動物園了。

A 아, 코끼리가 보고 싶다.

a//ko.gi.ri.ga/bo.go/sip.da

啊！我想看大象。

實用會話 – 壞天氣

나쁜 날씨
壞天氣

例 비가 내리는군요.
bi.ga/ne*.ri.neun.gu.nyo
下雨了呢！

例 또 비가 오네요.
do/bi.ga/o.ne.yo
又下雨了呢！

例 아침내내 흐렸어요.
a.chim.ne*.ne*/heu.ryo*.sso*.yo
早上一直是陰天。

例 바람이 세군요.
ba.ra.mi/se.gu.nyo
風很強。

例 오늘은 비가 안 왔으면 좋겠어요.
o.neu.reun/bi.ga/an.wa.sseu.myo*n/jo.ke.sso*.yo
希望今天不會下雨。

例 날씨가 매우 안 좋지요?
nal.ssi.ga/me*.u/an/jo.chi.yo
天氣很不好，對吧？

例 오늘 날씨는 별로 좋지 않군요.
o.neul/nal.ssi.neun/byo*l.lo/jo.chi/an.ku.nyo
今天天氣不怎麼好呢！

例 눈이 올 것 같아요.

nu.ni/ol/go*t/ga.ta.yo

好像會下雪。

例 하늘을 봐서는 금방 비가 올 것이다.

ha.neu.reul/bwa.so*.neun/geum.bang/bi.ga/ol/go*.si.da

看天空好像馬上要下雨了。

例 날씨가 그렇게 좋지 않네요.

nal.ssi.ga/geu.ro*.ke/jo.chi/an.ne.yo

天氣不怎麼好耶！

例 안개가 끼었습니다.

an.ge*.ga/gi.o*t.sseum.ni.da

有霧籠罩。

 (壞天氣對話)

• track 107

A 밖에 날씨가 어때?

ba.ge/nal.ssi.ga/o*.de*

外面天氣如何？

B 하늘이 흐려. 비가 올 것 같아.

ha.neu.ri/heu.ryo*//bi.ga/ol/go*t/ga.ta

天空陰陰的，好像要下雨了。

A 그럼 우리 나가지 말자.

geu.ro*m/u.ri/na.ga.ji/mal.jja

那我們不要出門吧。

B 안 돼. 오늘 내 생일인데 맛있는 거 안 사 줘?

an/dwe*//o.neul/ne*/se*ng.i.rin.de/ma.sin.neun/go* /an/sa/jwo

不行，今天是我的生日，你不請我吃好吃的嗎？

A 그래. 알았다. 가자.

geu.re*//a.rat.da//ga.ja

好，知道了，走吧！

B 우산 갖고 가자.

u.san/gat.go/ga.ja

我們帶把雨傘出去吧。

👥 **討論旅遊時的天氣**　　　• track 108

A 내일 드디어 서울로 놀러 가네. 너무 기대 돼.

ne*.il/deu.di.o*/so*.ul.lo/nol.lo*/ga.ne//no*.mu/gi. de*.dwe*

明天終於要去首爾玩囉！好期待！

B 내일 한국 날씨 좀 어때?

ne*.il/han.guk/nal.ssi/jom/o*.de*

明天韓國的天氣怎麼樣？

A 많이 춥지. 지금 겨울이잖아.

ma.ni/chup.jji//ji.geum/gyo*.u.ri.ja.na

很冷囉！現在是冬天嘛！

B 진짜? 나 추위 많이 타거든.

jin.jja//na/chu.wi/ma.ni/ta.go*.deun

真的嗎？我很怕冷耶！

A 그리고 비 올 확률이 높다고 했어.

geu.ri.go/bi/ol/hwang.nyu.ri/nop.da.go/he*.sso*

而且聽說下雨的機率很高。

B 우산도 챙겨 가는 게 좋을 것 같아.

u.san.do/che*ng.gyo*/ga.neun/ge/jo.eul/go*t/ga.ta

看樣子帶把雨傘去比較好。

實用會話 - 季節

계절
季節

例 봄은 따뜻하고 가을은 서늘해요.
bo.meun/da.deu.ta.go/ga.eu.reun/so*.neul.he*.yo
春天溫暖，秋天涼爽。

例 여름은 덥고 겨울은 추워요.
yo*.reu.meun/do*p.go/gyo*.u.reun/chu.wo.yo
夏天熱，冬天冷。

例 가을에는 단풍이 들어요.
ga.eu.re.neun/dan.pung.i/deu.ro*.yo
秋天楓紅。

例 겨울에는 눈이 내려요.
gyo*.u.re.neun/nu.ni/ne*.ryo*.yo
冬天下雪。

例 봄에는 꽃이 펴요.
bo.me.neun/go.chi/pyo*.yo
春天開花。

例 여름에는 비가 많이 내려요.
yo*.reu.me.neun/bi.ga/ma.ni/ne*.ryo*.yo
夏天常下雨。

例 단풍 놀이 언제 같이 갈 건가요?
dan.pung/no.ri/o*n.je/ga.chi/gal/go*n.ga.yo
什麼時候要一起去賞楓葉？

例 나는 오늘 단풍놀이 다녀왔어요.

na.neun/o.neul/dan.pung.no.ri/da.nyo*.wa.sso*.yo

我今天去賞楓葉了。

例 봄에 사람들이 소풍을 갑니다.

bo.me/sa.ram.deu.ri/so.pung.eul/gam.ni.da

春天人們會去郊遊。

 常用慣用語

단풍이 들다	楓葉染紅
dan.pung.i/deul.da	

눈이 내리다	下雪
nu.ni/ne*.ri.da	

눈이 그치다	雪停
nu.ni/geu.chi.da	

꽃이 피다	花開
go.chi/pi.da	

꽃이 시들다	花謝
go.chi/si.deul.da	

소풍을 가다	去郊遊
so.pung.eul/ga.da	

討論季節

• track 110

A 어느 계절을 좋아해요?

o*.neu/gye.jo*.reul/jjo.a.he*.yo

你喜歡什麼季節？

B 나는 여름을 좋아해요.

na.neun/yo*.reu.meul/jjo.a.he*.yo

我喜歡夏天。

A 왜 여름을 좋아하죠?

we*/yo*.reu.meul/jjo.a.ha.jyo

你為什麼喜歡夏天？

B 아주 긴 여름 방학이 있어서요. 선희 씨는 요?

a.ju/gin/yo*.reum/bang.ha.gi/i.sso*.so*.yo//so*n.hi/ssi.neu.nyo

因為有漫長的暑假。善熙你呢？

A 난 봄을 좋아해요.

nan/bo.meul/jjo.a.he*.yo

我喜歡春天。

A 봄 날씨는 따뜻해서 소풍 가기 좋은 시기 잖아요.

bom/nal.ssi.neun/da.deu.te*.so*/so.pung.ga.gi/jo.eun/si.gi.ja.na.yo

春天天氣溫暖，是最適合郊遊的時期。

4

自然環境篇

實用會話 – 郊遊

> 소풍
> **郊遊**

例 우리 어디로 소풍 갈까요?
u.ri/o*.di.ro/so.pung/gal.ga.yo
我們要去哪裡郊遊啊？

例 단풍 구경하기 좋은 곳이 어디예요?
dan.pung/gu.gyo*ng.ha.gi/jo.eun/go.si/o*.di.ye.yo
賞楓的好地方在哪裡？

例 오늘은 참 소풍가기 좋은 날이네요.
o.neu.reun/cham/so.pung.ga.gi/jo.eun/na.ri.ne.yo
今天真是郊遊的好日子。

例 감기에 걸려서 소풍 못 가게 되었어요.
gam.gi.e/go*l.lyo*.so*/so.pung/mot/ga.ge/dwe.o*.
sso*.yo
因為我感冒，不能去郊遊了。

例 비가 와서 소풍 안 가요.
bi.ga/wa.so*/so.pung/an.ga.yo
因為下雨，所以不去郊遊。

 賞櫻對話

Ⓐ 날씨 좋다. 소풍 가자!
nal.ssi/jo.ta//so.pung/ga.ja
天氣很好，我們去郊遊吧！

B 소풍 가기 날씨 딱이네.

so.pung/ga.gi/nal.ssi/da.gi.ne

今天天氣很適合去郊遊呢！

A 벗꽃을 보러 갈까?

bo*t.go.cheul/bo.ro*/gal.ga

要不要去賞櫻？

B 좋은 생각이네. 여의도 벗꽃축제는 이미 시작했다.

jo.eun/se*ng.ga.gi.ne//yo*.ui.do/bo*t.got.chuk.jje. neun/i.mi/si.ja.ke*t.da

不錯的建議耶！汝矣島櫻花季已經開始了。

A 벗꽃이 너무 예뻐! 활짝 폈어.

bo*t.go.chi/no*.mu/ye.bo*//hwal.jjak/pyo*.sso*

櫻花真美，都盛開了。

B 거기 서 봐. 사진 찍어 줄게.

go*.gi/so*/bwa//sa.jin/jji.go*/jul.ge

你站在那裡，我幫你拍照。

實用會話 – 登山

등산
登山

例 어제 저 혼자서 등산 갔어요.
o*.je/jo*/hon.ja.so*/deung.san/ga.sso*.yo
昨天我一個人去爬山了。

例 주말에 같이 등산이나 할까요?
ju.ma.re/ga.chi/deung.sa.ni.na/hal.ga.yo
週末要不要一起去爬山？

例 저도 자주 등산을 갑니다.
jo*.do/ja.ju/deung.sa.neul/gam.ni.da
我也很常去爬山。

例 내일 등산 가기로 했어요.
ne*.il/deung.san/ga.gi.ro/he*.sso*.yo
決定明天去爬山。

例 등산을 가면 단풍도 구경을 할 수 있어요.
deung.sa.neul/ga.myo*n/dan.pung.do/gu.gyo*ng.
eul/hal/ssu/i.sso*.yo
去爬山也可以欣賞得到楓葉。

相約一起去爬山

• track 114

Ⓐ 준규 씨, 평소에 무슨 운동을 좋아해요?
jun.gyu/ssi//pyo*ng.so.e/mu.seun/un.dong.eul/jjo.a.
he*.yo
畯圭，你平時喜歡什麼運動啊？

B 난 조깅, 등산, 테니스를 좋아해요.

nan/jo.ging//deung.san//te.ni.seu.reul/jjo.a.he*.yo

我喜歡跑步、爬山和打網球。

A 나도 등산을 자주 가요.

na.do/deung.sa.neul/jja.ju/ga.yo

我也常去爬山。

A 이번 토요일에도 등산을 갈 예정이에요.

i.bo*n/to.yo.i.re.do/deung.sa.neul/gal/ye.jo*ng.i.e.yo

這個周六也計畫要去爬山。

B 난 같이 가면 안 돼요?

nan/ga.chi/ga.myo*n/an/dwe*.yo

我可以一起去嗎?

B 나도 등산을 좋아하지만 같이 갈 사람을 찾기 어렵거든요.

na.do/deung.sa.neul/jjo.a.ha.ji.man/ga.chi/gal/ssa.ra.meul/chat.gi/o*.ryo*p.go*.deu.nyo

我也喜歡爬山,但是很難找到一起去爬山的人。

A 좋죠. 내 등산 친구들도 소개할게요.

jo.chyo//ne*/deung.san/chin.gu.deul.do/so.ge*.hal.ge.yo

好啊!我會把我爬山的朋友也介紹給你。

4

自然環境篇

實用會話 – 海邊

해변
海邊

例 이번 여름에는 해변으로 가는 게 어때?

i.bo*n/yo*.reu.me.neun/he*.byo*.neu.ro/ga.neun/
ge/o*.de*

這個夏天我們去海邊，如何？

例 나 수영복 사야겠다.

na/su.yo*ng.bok/sa.ya.get.da

我該買泳衣了。

例 어제 해변에 가서 피부가 탔어요.

o*.je/he*.byo*.ne/ga.so*/pi.bu.ga/ta.sso*.yo

昨天去海邊皮膚曬黑了。

例 모래가 너무 뜨거워서 신발을 못 벗어요.

mo.re*.ga/no*.mu/deu.go*.wo.so*/sin.ba.reul/mot/
bo*.so*.yo

沙子太燙，沒辦法脫鞋子。

例 해수욕장에는 비키니를 입은 젊은 여자들
이 많이 있었다.

he*.su.yok.jjang.e.neun/bi.ki.ni.reul/i.beun/jo*l.
meun/yo*.ja.deu.ri/ma.ni/i.sso*t.da

海水浴場有很多穿比基尼的女生。

計畫海邊旅遊

Ⓐ 내일부터 주말인데 어디 가고 싶은 곳 있어?

ne*.il.bu.to*/ju.ma.rin.de/o*.di/ga.go/si.peun/got/i.sso*

明天開始就是周末了，有哪裡想去的地方嗎？

Ⓑ 바다 보러 갈까?

ba.da/bo.ro*/gal.ga

要不要去看海？

Ⓑ 난 모래사장에 가서 모래성을 만들고 싶어요.

nan/mo.re*.sa.jang.e/ga.so*/mo.re*.so*ng.eul/man.deul.go/si.po*.yo

我想去沙灘堆沙堡。

Ⓐ 모래사장에 가면 배구도 할 수 있네.

mo.re*.sa.jang.e/ga.myo*n/be*.gu.do/hal/ssu/in.ne

去沙灘的話也可以打排球呢！

Ⓐ 좋아. 내일 출발하자.

jo.a//ne*.il/chul.bal.ha.jja

好，明天就出發吧。

Ⓑ 생선회도 먹고 싶어.

se*ng.so*n.hwe.do/mo*k.go/si.po*

我也想吃生魚片。

4

 核心慣用語

해가 뜨다	日出、太陽升起
he*.ga/deu.da	

例 해가 뜨는 시간은 약 5시 45분입니다.

he*.ga/deu.neun/si.ga.neun/yak/da.so*t.ssi/sa.si.bo.
bu.nim.ni.da

日出的時間是大約 5 點 45 分。

해가 지다	日落、太陽落下
he*.ga/ji.da	

例 해가 지면 달이 뜹니다.

he*.ga/ji.myo*n/da.ri/deum.ni.da

太陽落下月亮升起。

파도가 밀려오다	波浪湧來
pa.do.ga/mil.lyo*.o.da	

例 파도가 밀려오면 빨리 떠나야 한다.

pa.do.ga/mil.lyo*.o.myo*n/bal.li/do*.na.ya/han.da

如果波浪湧來，必須趕快離開。

무지개가 나타나다	出現彩虹
mu.ji.ge*.ga/na.ta.na.da	

例 소나기가 내린 뒤 하늘에 아름다운 무지
개가 나타났다.

so.na.gi.ga/ne*.rin/dwi/ha.neu.re/a.reum.da.un/mu.
ji.ge*.ga/na.ta.nat.da

下過雷陣雨後，天空出現了美麗的彩虹。

천둥이 치다	打雷
cho*n.dung.i/chi.da	

例 천둥이 무섭게 쳐서 외출 못 해요.

cho*n.dung.i/mu.so*p.ge/cho*.so*/we.chul/mot/
he*.yo

雷打得很可怕，我沒辦法出門。

번개가 치다	發生閃電
bo*n.ge*.ga/chi.da	

例 번개가 15 분동안 계속 번쩍번쩍 쳐서 무서웠다.

bo*n.ge*.ga/si.bo.bun.dong.an/gye.sok/bo*n.jjo*k.
bo*n.jjo*k/cho*.so*/mu.so*.wot.da

不停閃電 15 分鐘，好可怕。

얼음이 얼다	結冰
o*.reu.mi/o*l.da	

例 이곳에는 지금 얼음이 꽁꽁 얼었어요.

i.go.se.neun/ji.geum/o*.reu.mi/gong.gong/o*.ro*.
sso*.yo

這個地方現在已經結成硬梆梆的冰塊。

서리가 내리다	下霜
so*.ri.ga/ne*.ri.da	

例 우리 집 앞에도 서리가 내렸다.

u.ri/jip/a.pe.do/so*.ri.ga/ne*.ryo*t.da

我家前面也下了霜。

안개가 끼다	起霧
an.ge*.ga/gi.da	

例 비는 그쳤지만 곳곳에 안개가 짙게 껴 있
습니다.

bi.neun/geu.cho*t.jji.man/got.go.se/an.ge*.ga/jit.ge/
gyo*.it.sseum.ni.da

雖然雨停了，但到處都起了濃霧。

기온이 올라가다	氣溫上升
gi.o.ni/ol.la.ga.da	

例 요즘은 기온이 올라가서 밤의 온도도 높
습니다.

yo.jeu.meun/gi.o.ni/ol.la.ga.so*/ba.mui/on.do.do/
nop.sseum.ni.da

最近氣溫升高，晚上的氣溫也很高。

玩樂篇

일할 땐 열심히 일하고 놀 땐 신
나게 잘 놀아야 한다.
工作的時候認真工作，玩的時候就要好
好地玩！

格式體尊敬形終結語尾 — 動詞語幹無尾音＋ㅂ니다.

여행을 갑니다.
去旅行

解析

「格式體尊敬形終結語尾」使用在相當正式的場合上，例如演講、開會、播報新聞、生意場合，以及和長輩談話等。其敘述形態有「－습니다」和「－ㅂ니다」兩種。若動詞語幹有尾音，接「습니다」，若動詞語幹無尾音，接「ㅂ니다」。

例 선물을 삽니다.

so*n.mu.reul/ssam.ni.da

買禮物。

例 비행기를 탑니다.

bi.he*ng.gi.reul/tam.ni.da

搭飛機。

例 콜라를 마십니다.

kol.la.reul/ma.sim.ni.da

喝可樂。

例 돈을 줍니다.

do.neul/jjum.ni.da

給錢。

例 한국친구를 만납니다.

han.guk.chin.gu.reul/man.nam.ni.da

見韓國朋友。

格式體疑問形終結語尾－動詞語幹無尾音＋ㅂ니까?

언제 도착합니까?
什麼時候抵達呢？

解析

「格式體尊敬形終結語尾」使用在相當正式的場合上，例如演講、開會、播報新聞、生意場合，以及和長輩談話等。其疑問形態有「－습니까?」和「－ㅂ니까?」兩種。若動詞語幹有尾音，接「습니까?」，若動詞語幹無尾音，接「ㅂ니까?」。

例 쇼핑을 합니까?

syo.ping.eul/ham.ni.ga

逛街嗎？

例 그분을 모릅니까?

geu.bu.neul/mo.reum.ni.ga

不認識他嗎？

例 친구를 사귑니까?

chin.gu.reul/ssa.gwim.ni.ga

交朋友嗎？

例 한국을 좋아합니까?

han.gu.geul/jjo.a.ham.ni.ga

喜歡韓國嗎？

例 담배를 피웁니까?

dam.be*.reul/pi.um.ni.ga

抽菸嗎？

格式體尊敬形終結語尾 – 動詞語幹有尾音 + 습니다.

한국요리를 먹습니다.
吃韓國菜。

解析

「格式體尊敬形終結語尾」使用在相當正式的場合上，例如演講、開會、播報新聞、生意場合，以及和長輩談話等。其敘述形態有「－습니다」和「－ㅂ니다」兩種。若動詞語幹有尾音，接「습니다」，若動詞語幹無尾音，接「ㅂ니다」。

例 방이 있습니다.

bang.i/it.sseum.ni.da

有房間。

例 현금이 없습니다.

hyo*n.geu.mi/o*p.sseum.ni.da

沒有現金。

例 짐을 찾습니다.

ji.meul/chat.sseum.ni.da

找行李。

例 잡지를 읽습니다.

jap.jji.reul/ik.sseum.ni.da

看雜誌。

例 노래를 듣습니다.

no.re*.reul/deut.sseum.ni.da

聽歌。

格式體疑問形終結語尾 – 動詞語幹有尾音＋습니까?

5

몇 분이 묵습니까?
有幾位要住呢？

解析

> 「格式體尊敬形終結語尾」使用在相當正式的場合上，例如演講、開會、播報新聞、生意場合，以及和長輩談話等。其疑問形態有「－습니까?」和「－ㅂ니까?」兩種。若動詞語幹有尾音，接「습니까?」，若動詞語幹無尾音，接「ㅂ니까?」。

例 신용카드를 받습니까?

si.nyong.ka.deu.reul/bat.sseum.ni.ga

收信用卡嗎？

例 저를 믿습니까?

jo*.reul/mit.sseum.ni.ga

相信我嗎？

例 여기에 앉습니까?

yo*.gi.e/an.seum.ni.ga

坐這裡嗎？

例 창문을 닫습니까?

chang.mu.neul/dat.sseum.ni.ga

關窗戶嗎？

例 이 길이 맞습니까?

i/gi.ri/mat.sseum.ni.ga

這條路沒錯嗎？

句型 — 動詞＋고 싶다

나는 놀고 싶어요.
我想玩。

解析

고 싶다接在動詞語幹後方，表示談話者的「希望、願望」，中文可譯成「我想…」。使用在疑問句上時，主語為第二人稱（你），中文可譯成「你想…嗎？」。

例 호텔에 돌아가고 싶어요.
ho.te.re/do.ra.ga.go/si.po*.yo
我想回飯店。

例 삼계탕을 먹고 싶어요.
sam.gye.tang.eul/mo*k.go/si.po*.yo
我想吃蔘雞湯。

例 기념품을 사고 싶어요?
gi.nyo*m.pu.meul/ssa.go/si.po*.yo
你想買紀念品嗎？

例 영화를 보고 싶습니다.
yo*ng.hwa.reul/bo.go/sip.sseum.ni.da
我想看電影。

例 쇼핑을 하고 싶습니다.
syo.ping.eul/ha.go/sip.sseum.ni.da
我想購物。

句型 – 動詞＋고 싶어하다

친구가 자고 싶어해요.
朋友想睡覺

解析

고 싶어하다接在動詞語幹後方，表示第三人稱（他、她）的「希望、願望」，中文可譯成「他想…」。

例 친구가 호텔에 돌아가고 싶어해요.
chin.gu.ga/ho.te.re/do.ra.ga.go/si.po*.he*.yo
朋友想回去飯店。

例 동생이 삼계탕을 먹고 싶어해요.
dong.se*ng.i/sam.gye.tang.eul/mo*k.go/si.po*.he*.yo
弟弟想吃蔘雞湯。

例 아이가 기념품을 사고 싶어해요.
a.i.ga/gi.nyo*m.pu.meul/ssa.go/si.po*.he*.yo
小孩想買紀念品。

例 우리 아들이 영화를 보고 싶어합니다.
u.ri/a.deu.ri/yo*ng.hwa.reul/bo.go/si.po*.ham.ni.da
我兒子想看電影。

例 누나가 쇼핑을 하고 싶어합니다.
nu.na.ga/syo.ping.eul/ha.go/si.po*.ham.ni.da
姊姊想購物。

助詞 – 名詞 + 도

이것도 맛있어요.

這個也好吃

解析

도為助詞，接在名詞後面，表示「添加」。中文可譯
成「也」。

例 이 옷도 만원이에요.

i/ot.do/ma.nwo.ni.e.yo

這件衣服也一萬韓圜。

例 그것도 사고 싶어요.

geu.go*t.do/sa.go/si.po*.yo

那個也想買。

例 친구도 공연을 봐요.

chin.gu.do/gong.yo*.neul/bwa.yo

朋友也看表演。

例 저도 대만 사람입니다.

jo*.do/de*.man/sa.ra.mim.ni.da

我也是台灣人。

例 여기도 서울입니다.

yo*.gi.do/so*.u.rim.ni.da

這裡也是首爾。

5

玩樂篇

句型 – 動詞＋(으)ㅂ시다.

> 시내에 갑시다.
> **我們去市區吧。**

解析

(으)ㅂ시다為勸誘型終結語尾，接在動詞語幹後方，表示建議聽話者跟自己一同去做某事。動詞語幹有尾音時，接「읍시다」；動詞語幹沒有尾音時，接「ㅂ시다」。

例 사진을 찍읍시다.

sa.ji.neul/jji.geup.ssi.da

我們拍照吧。

例 길 좀 물읍시다.

gil/jom/mu.reup.ssi.da

我們問個路吧。

例 술 좀 더 시킵시다.

sul/jom/do*/si.kip.ssi.da

我們再點些酒吧。

例 택시를 탑시다.

te*k.ssi.reul/tap.ssi.da

一起搭計程車吧。

例 각자 냅시다.

gak.jja/ne*p.ssi.da

我們各付各的。

句型 – 動詞 + 지 맙시다.

술을 먹지 맙시다.
我們不要喝酒吧

解析

(으)ㅂ시다的否定型態是「지 맙시다」，為禁止型勸誘句。表示建議聽話者不要跟自己一同去做某事。中文可譯成「我們不要…吧」。

例 피자를 시키지 맙시다.
pi.ja.reul/ssi.ki.ji/map.ssi.da
我們不要點披薩吧。

例 택시를 타지 맙시다.
te*k.ssi.reul/ta.ji/map.ssi.da
我們不要搭計程車吧。

例 놀이공원에 가지 맙시다.
no.ri.gong.wo.ne/ga.ji/map.ssi.da
我們不要去遊樂園吧。

例 일찍 일어나지 맙시다.
il.jjik/i.ro*.na.ji/map.ssi.da
我們不要早起吧。

例 늦게 자지 맙시다.
neut.ge/ja.ji/map.ssi.da
我們不要晚睡吧。

5

玩樂篇

句型 – 動詞 + (으)ㄹ까요?

> 서울에 갈까요?
> **要不要去首爾？**

解析

疑問形(으)ㄹ까요接在動詞語幹後方，用來向聽話者提議要不要一起去做某事或詢問對方的意見。中文可譯成「要不要一起…？」。

例 영화를 볼까요?
　　yo*ng.hwa.reul/bol.ga.yo
　　要不要看電影？

例 야식을 먹을까요?
　　ya.si.geul/mo*.geul.ga.yo
　　要不要吃消夜？

例 놀러 갈까요?
　　nol.lo*/gal.ga.yo
　　要不要去玩？

例 화투를 칠까요?
　　hwa.tu.reul/chil.ga.yo
　　要不要打花牌？

例 호텔에 돌아갈까요?
　　ho.te.re/do.ra.gal.ga.yo
　　要不要回飯店？

句型 – 動詞 + (으)세요.

> 찍습니다. 웃으세요.
> 要拍囉，請微笑！

解析

尊敬形命令句(으)세요接在動詞語幹後方，表示有禮貌地請求對方做某事。

動詞語幹有尾音時，接「으세요」；動詞語幹沒尾音時，接「세요」。

例 표 두 장 주세요.
pyo/du/jang/ju.se.yo
請給我兩張票。

例 이 버스를 타세요.
i/bo*.seu.reul/ta.se.yo
請搭這台公車。

例 천천히 구경하세요.
cho*n.cho*n.hi/gu.gyo*ng.ha.se.yo
請慢慢看。

例 빨리 말하세요.
bal.li/mal.ha.sse.yo
請快點説。

例 10분 기다리세요.
sip.bun/gi.da.ri.se.yo
請你等 10 分鐘。

句型 – 動詞 + 지 마세요.

> 입어보지 마세요.
>
> **請不要試穿。**

解析

尊敬形命令句지 마세요接在動詞語幹後方，表示有禮貌地請求對方不要做某事。

例 고추를 넣지 마세요.

go.chu.reul/no*.chi/ma.se.yo

請不要加辣椒。

例 나이트클럽에 가지 마세요.

na.i.teu.keul.lo*.be/ga.ji/ma.se.yo

請不要去夜店。

例 여기서 사진을 찍지 마세요.

yo*.gi.so*/sa.ji.neul/jjik.jji/ma.se.yo

請不要在這裡拍照。

例 큰 소리로 말하지 마세요.

keun/so.ri.ro/mal.ha.jji/ma.se.yo

請不要大聲講話。

例 담배를 피우지 마세요.

dam.be*.reul/pi.u.ji/ma.se.yo

請不要抽菸。

助詞 – 時間名詞 + 에

> 다음 주에 출발해요.
> **下周出發**

解析

에為助詞，如果接在時間名詞後方，表示「動作發生的時間點」。

例 아침에 운동해요.
a.chi.me/un.dong.he*.yo
早上運動。

例 일요일에 학원에 가요.
i.ryo.i.re/ha.gwo.ne/ga.yo
星期一去補習班。

例 주말에 놀러 가요.
ju.ma.re/nol.lo*/ga.yo
周末去玩。

例 밤에 집에서 TV를 봐요.
ba.me/ji.be.so*/tv.reul/bwa.yo
晚上在家裡看電視。

例 오후 두 시에 공연을 봐요.
o.hu/du/si.e/gong.yo*.neul/bwa.yo
下午兩點看表演。

5

玩
樂
篇

實用會話 – 遊樂園

놀이공원
遊樂園

例 범퍼카가 완전 재미있다.

bo*m.po*.ka.ga/wan.jo*n/je*.mi.it.da

碰碰車超好玩！

例 사람이 별로 없어서 줄을 안 서도 돼서 참
좋다.

sa.ra.mi/byo*l.lo/o*p.sso*.so*/ju.reul/an/so*.do/
dwe*.so*/cham/jo.ta

沒什麼人可以不用排隊，太棒了！

例 놀기 전에 선물숍에 잠깐 들렀다.

nol.gi/jo*.ne/so*n.mul.syo.be/jam.gan/deul.lo*t.da

在玩之前，逛了一下禮品店。

例 4세 미만은 입장하실 수 없습니다.

sa.se/mi.ma.neun/ip.jjang.ha.sil/su/o*p.sseum.ni.da

未滿 4 歲不得入場。

例 관람차 한 번도 못 타 봤어요.

gwal.lam.cha/han/bo*n.do/mot/ta/bwa.sso*.yo

我一次也沒有搭過摩天輪。

例 유실물 센터가 어디입니까?

yu.sil.mul/sen.to*.ga/o*.di.im.ni.ga

遺失物招領處在哪裡？

例 개장 시간이 몇 시부터입니까?

ge*.jang/si.ga.ni/myo*t/si.bu.to*.im.ni.ga

營業時間是從幾點開始？

例 여기는 퍼레이드를 구경하기 꽤 좋은 자리네요.

yo*.gi.neun/po*.re.i.deu.reul/gu.gyo*ng.ha.gi/gwe*/jo.eun/ja.ri.ne.yo

這裡是看遊行蠻不錯的位子呢！

例 퍼레이드가 시작됐다. 빨리 보러 가자.

po*.re.i.deu.ga/si.jak.dwe*t.da//bal.li/bo.ro*/ga.ja

遊行開始了，我們趕快去看吧。

例 자유 입장권은 얼마입니까?

ja.yu/ip.jjang.gwo.neun/o*l.ma.im.ni.ga

自由入場卷要多少錢？

例 불꽃놀이는 몇 시부터 시작하나요?

bul.gon.no.ri.neun/myo*t/si.bu.to*/si.ja.ka.na.yo

煙火是幾點開始？

在遊樂園玩　　　　　　　　•track　132

Ⓐ 오랜만에 놀이공원에 왔으니 신난다.

o.re*n.ma.ne/no.ri.gong.wo.ne/wa.sseu.ni/sin.nan.da

好久沒來遊樂園了，好開心喔！

Ⓑ 우리 어느 것부터 탈까?

u.ri/o*.neu/go*t.bu.to*/tal.ga

我們先玩哪一個呢？

A 저기 청룡열차가 있네. 저것부터 타자.

jo*.gi/cho*ng.nyong.yo*l.cha.ga/in.ne//jo*.go*t.bu.to*/ta.ja

那裡有雲霄飛車耶！先玩那個吧。

A 다음은 저거 회전목마다.

da.eu.meun/jo*.go*/hwe.jo*n.mong.ma.da

下一個玩那邊的旋轉木馬。

B 아니야, 난 좀 쉬어야 겠다. 토할 것 같아.

a.ni.ya//nan/jom/swi.o*.ya/get.da//to.hal/go*t/ga.ta

不，我要休息一下了，好像快吐了。

A 그럼 30분 후에 분수쇼가 있대. 그거 보러 갈까?

geu.ro*m/sam.sip.bun.hu.e/bun.su.syo.ga/it.de*//geu.go*/bo.ro*/gal.ga

聽説 30 分鐘後有噴水秀表演。我們去看那個好嗎？

B 그래. 퍼레이드도 구경하고 싶네.

geu.re*//po*.re.i.deu.do/gu.gyo*ng.ha.go/sim.ne

好，我也想看遊行！

實用會話 – 博物館

박물관
博物館

例 박물관 관람시간이 어떻게 돼요?

bang.mul.gwan/gwal.lam.si.ga.ni/o*.do*.ke/dwe*.yo

請告訴我博物館的參觀時間是什麼時候？

例 화요일부터 일요일까지 오전 10시부터 저
녁 6시까지입니다.

hwa.yo.il.bu.to*/i.ryo.il.ga.ji/o.jo*n/yo*l.si.bu.to*/
jo*.nyo*k/yo*.so*t.ssi.ga.ji.im.ni.da

參觀時間是星期二到星期日上午 10 點到晚上 6 點。

例 박물관 입장료가 얼마죠?

bang.mul.gwan/ip.jjang.nyo.ga/o*l.ma.jyo

博物館的入場費是多少錢？

例 조선과 일본의 회화작품들이 전시되어 있
습니다.

jo.so*n.gwa/il.bo.nui/hwe.hwa.jak.pum.deu.ri/jo*n.
si.dwe.o*/it.sseum.ni.da

這裡展示了朝鮮和日本的繪畫作品。

例 오늘은 박물관 휴관일입니다.

o.neu.reun/bang.mul.gwan/hyu.gwa.ni.rim.ni.da

今天是博物館是休館日。

例 도자기 박물관에 구경하러 가요.

do.ja.gi/bang.mul.gwa.ne/gu.gyo*ng.ha.ro*/ga.yo

去參觀陶器博物館。

例 밖에 나갔다 올 수 있습니까?

ba.ge/na.gat.da/ol/su/it.sseum.ni.ga

出去之後還可以再進來嗎？

例 박물관은 아침 9시에 문을 열어요.

bang.mul.gwa.neun/a.chim/a.hop.ssi.e/mu.neul/yo*.
ro*.yo

博物館早上九點開門。

例 몇 시에 문을 닫아요?

myo*t/si.e/mu.neul/da.da.yo

幾點關門呢？

例 무료 팸플릿이 있나요?

mu.ryo/pe*m.peul.li.si/in.na.yo

有免費的導覽冊子嗎？

例 대만에서 왔습니다. 중국어 팸플릿으로 주
세요.

de*.ma.ne.so*/wat.sseum.ni.da//jung.gu.go*/pe*m.
peul.li.seu.ro/ju.se.yo

我從台灣來的，請給我中文版的冊子。

例 안에서 사진을 찍어도 될까요?

a.ne.so*/sa.ji.neul/jji.go*.do/dwel.ga.yo

我可以在裡面拍照嗎？

例 저것은 무엇입니까?

jo*.go*.seun/mu.o*.sim.ni.ga

那是什麼？

例 이 작품은 어느 시대의 것입니까?

i/jak.pu.meun/o*.neu/si.de*.ui/go*.sim.ni.ga

這個作品是哪個時代的？

例 이건 누구 작품입니까?

i.go*n/nu.gu/jak.pu.mim.ni.ga

這是誰的作品？

例 작품에 손 대지 마십시오.

jak.pu.me/son/de*.ji/ma.sip.ssi.o

請勿用手觸摸作品。

관람	名詞	觀覽
입장료	名詞	入場費
작품	名詞	作品
전시되다	動詞	展示
팸플릿	名詞	(導覽)小冊子
손을 대다	詞組	動手、觸摸

實用會話 – 看電影

영화 보기
看電影

例 여기 영화관 있는데 보러 갈까요?

yo*.gi/yo*ng.hwa.gwan/in.neun.de/bo.ro*/gal.ga.yo

這裡有電影院，要不要去看？

例 무슨 영화를 볼까요?

mu.seun/yo*ng.hwa.reul/bol.ga.yo

要看什麼電影？

例 영화 주인공은 누구예요?

yo*ng.hwa/ju.in.gong.eun/nu.gu.ye.yo

電影的主角是誰？

例 영화 표 한 장 얼마입니까?

yo*ng.hwa/pyo/han/jang/o*l.ma.im.ni.ga

電影票一張多少錢？

例 주인공이 너무 멋졌어요.

ju.in.gong.i/no*.mu/mo*t.jjo*.sso*.yo

主角好帥。

例 내가 어제 본 영화는 진짜 재미있었어.

ne*.ga/o*.je/bon/yo*ng.hwa.neun/jin.jja/je*.mi.i.
sso*.sso*

我昨天看的電影真的很好看。

例 영화 보는 걸 좋아해요?

yo*ng.hwa/bo.neun/go*l/jo.a.he*.yo

你喜歡看電影嗎?

例 영화는 몇 시에 시작해요?

yo*ng.hwa.neun/myo*t/si.e/si.ja.ke*.yo

電影幾點開始放映呢?

例 앞쪽에 앉고 싶지 않습니다.

ap.jjo.ge/an.go/sip.jji/an.sseum.ni.da

我不想坐在前面。

例 저는 복도 쪽의 자리를 원합니다.

jo*.neun/bok.do/jjo.gui/a.ri.reul/won.ham.ni.da

我要靠走道的位置。

例 오후 3시 40분 표로 두 장 주세요.

o.hu/se.si/sa.sip.bun/pyo.ro/du/jang/ju.se.yo

請給我 3 點 40 分的票兩張。

買電影票

• track 135

A 무슨 영화를 보시겠습니까?

mu.seun/yo*ng.hwa.reul/bo.si.get.sseum.ni.ga

您要看什麼電影?

B 영화 '사랑'의 표 두 장 주세요.

yo*ng.hwa/sa.rang.ui/pyo/du/jang/ju.se.yo

請給我電影「愛」的票兩張。

Ⓐ 어디에 앉고 싶으세요?

o*.di.e/an.go/si.peu.se.yo

您想坐在哪裡？

Ⓑ 뒤쪽에 있는 좌석으로 주세요.

dwi.jjo.ge/in.neun/jwa.so*.geu.ro/ju.se.yo

請給我後方的位子。

Ⓐ 죄송합니다. 뒤쪽에 빈 자리가 없습니다.

jwe.song.ham.ni.da//dwi.jjo.ge/bin/ja.ri.ga/o*p.

sseum.ni.da

對不起，後面沒有空位了。

Ⓑ 괜찮아요. 중간 자리라도 좋습니다.

gwe*n.cha.na.yo//jung.gan/ja.ri.ra.do/jo.sseum.ni.da

沒關係，中間的位子也可以。

Ⓑ 그리고 팝콘 큰 거 하나랑 콜라 두 잔 주

세요.

geu.ri.go/pap.kon/keun/go*/ha.na.rang/kol.la/du/

jan/ju.se.yo

還要一個大份爆米花和兩杯可樂。

實用會話 – 喝酒

술 먹기
喝酒

例 나 취했어. 집에 가자.

na/chwi.he*.sso*//ji.be/ga.ja

我醉了，回家吧。

例 벌써 두 병이나 마셨잖아. 이제 그만 마셔.

bo*l.sso*/du/byo*ng.i.na/ma.syo*t.jja.na//i.je/geu.man/ma.syo*

已經喝兩瓶了，不要再喝了。

例 술 게임 하자. 누가 먼저 할래?

sul/ge.im/ha.ja//nu.ga/mo*n.jo*/hal.le*

我們來玩喝酒遊戲吧，誰要先來？

例 난 술이 약해요.

nan/su.ri/ya.ke*.yo

我不勝酒力。

例 나 술 한 잔도 못 마셔요.

na/sul/han/jan.do/mot/ma.syo*.yo

我酒一杯都不能喝。

例 술기운이 도네요.

sul.gi.u.ni/do.ne.yo

酒勁上來了。

例 술이 안 깨서 머리가 아파요.
su.ri/an/ge*.so*/mo*.ri.ga/a.pa.yo
酒沒醒頭很痛。

例 저는 술을 못합니다.
jo*.neun/su.reul/mo.tam.ni.da
我不會喝酒。

例 같이 술 한 잔 해요.
ga.chi/sul/han/jan/he*.yo
一起喝酒吧。

例 회식할 때 억지로 술 마시지 마.
hwe.si.kal/de*/o*k.jji.ro/sul/ma.si.ji/ma
聚餐的時候，不要強迫自己喝酒。

例 오늘 치맥하자!
o.neul/chi.me*.ka.ja
今天吃雞啤（炸雞＋啤酒）吧！

例 각자 마시고 싶은 만큼만 마셔요.
gak.jja/ma.si.go/si.peun/man.keum.man/ma.syo*.yo
大家喝酒都隨意吧。

例 맥주하고 치킨을 시킵시다.
me*k.jju.ha.go/chi.ki.neul/ssi.kip.ssi.da
我們點啤酒跟炸雞來吃吧。

例 저는 막걸리를 좋아해요.
jo*.neun/mak.go*l.li.reul/jjo.a.he*.yo
我喜歡喝米酒。

撒郎嘿喲
你最感興趣的
韓語會話

例 건배! 우리의 우정을 위하여!
go*n.be*//u.ri.ui/u.jo*ng.eul/wi.ha.yo*
為了我們的友情～乾杯！

例 안주는 해물파전이랑 계란찜으로 주세요.
an.ju.neun/he*.mul.pa.jo*n.i.rang/gye.ran.jji.meu.
ro/ju.se.yo
下酒菜請給我海鮮煎餅和蒸蛋。

例 친구들이 나보고 술꾼이라고 해요.
chin.gu.deu.ri/na.bo.go/sul.gu.ni.ra.go/he*.yo
朋友都叫我酒鬼。

喝酒對話
• track 137

A 퇴근 후 우리 술 마시러 갈까?
twe.geun.hu/u.ri/sul/ma.si.ro*/gal.ga
下班後，我們去喝酒好嗎？

B 술 다음에 먹자. 내일도 출근하잖아.
sul/da.eu.me/mo*k.jja//ne*.il.do/chul.geun.ha.ja.na
酒下次喝吧，明天還要上班呢！

A 오늘처럼 비 오는 날에는 한 잔 해야 지.
o.neul.cho*.ro*m/bi/o.neun/na.re.neun/han/jan/he*.
ya/ji
像今天這種下雨天，當然要來喝一杯囉！

A 들어와. 나 여기 단골이야.
deu.ro*.wa//na/yo*.gi/dan.go.ri.ya
進來吧，我是這裡的常客！

A 여기요, 소주 두 병이요.

yo*.gi.yo//so.ju/du/byo*ng.i.yo

服務生，這裡來兩瓶燒酒。

B 나 취했어. 그만 마실래.

na/chwi.he*.sso*//geu.man/ma.sil.le*

我醉了，不喝了。

A 간에 기별도 안 가는데 한 잔 더.

ga.ne/gi.byo*l.do/an/ga.neun.de/han/jan/do*

這塞牙縫都不夠，再喝一杯吧。

實用會話－ＫＴＶ

노래방
ＫＴＶ

例 회식하고 모두들 노래방에 가자.
hwe.si.ka.go/mo.du.deul/no.re*.bang.e/ga.ja
聚餐結束後，大家一起去ＫＴＶ吧。

例 내가 먼저 노래를 부를게요.
ne*.ga/mo*n.jo*/no.re*.reul/bu.reul.ge.yo
我先唱。

例 한 곡 더 불러 봐요.
han/gok/do*/bul.lo*/bwa.yo
你再唱一首。

例 와, 목소리가 좋네.
wa//mok.sso.ri.ga/jon.ne
哇！聲音很棒耶！

例 여기 한 시간은 얼마예요?
yo*.gi/han/si.ga.neun/o*l.ma.ye.yo
這裡一個小時多少錢？

 邀請去 KTV 唱歌

• track 139

Ⓐ 우리 2차 노래방 갈까?
u.ri/i.cha/no.re*.bang/gal.ga
我們接下來去KTV唱歌好嗎？

B 또 노래 부르려고요? 아, 난 정말 노래 못 하거든요.

do/no.re*/bu.reu.ryo*.go.yo//a//nan/jo*ng.mal/no.re*/mo.ta.go*.deu.nyo

你又要唱歌喔？我真的不會唱歌耶。

A 지난 번에 보니깐 노래 잘 했잖아.

ji.nan/bo*.ne/bo.ni.gan/no.re*/jal/he*t.jja.na

上次看你唱的不錯啊！

B 아휴, 그런 거 없거든요.

a.hyu//geu.ro*n/go*/o*p.go*.deu.nyo

唉，沒有那種事。

A 가자. 오빠가 쏠게.

ga.ja//o.ba.ga/ssol.ge

走啦！哥哥我請客。

A 지영아. 이 노래 같이 부르자.

ji.yo*ng.a//i/no.re*/ga.chi/bu.reu.ja

智英，這首歌一起唱吧。

B 노래가 너무 빨라요. 따라 부를 수가 없어요.

no.re*.ga/no*.mu/bal.la.yo//da.ra/bu.reul/ssu.ga/o*p.sso*.yo

歌太快了，我跟不上。

實用會話 – 風景名勝

풍경명소
風景名勝

例 이 풍경 사진은 어디서 찍은 거예요?

i/pung.gyo*ng/sa.ji.neun/o*.di.so*/jji.geun/go*.ye.yo

這張風景照是在哪裡拍的？

例 야경이 좋은 곳을 아세요?

ya.gyo*ng.i/jo.eun/go.seul/a.se.yo

您知道哪裡夜景不錯嗎？

例 저것은 무슨 산이에요?

jo*.go*.seun/mu.seun/sa.ni.e.yo

那是什麼山？

例 여기는 무엇으로 유명합니까?

yo*.gi.neun/mu.o*.seu.ro/yu.myo*ng.ham.ni.ga

這裡以什麼出名？

例 난 이런 경치도 좋고 조용한 곳이 좋아요.

nan/i.ro*n/gyo*ng.chi.do/jo.ko/jo.yong.han/go.si/jo.a.yo

我喜歡這種景色漂亮又安靜的地方。

來到風景名勝區

A 여기가 무슨 산이야?

yo*.gi.ga/mu.seun/sa.ni.ya

這裡是什麼山呢？

B 여기는 내장산이야.

yo*.gi.neun/ne*.jang.sa.ni.ya

這裡是內藏山。

B 내장산 단풍은 남한 제일의 단풍명소라고
해.

ne*.jang.san/dan.pung.eun/nam.han/je.i.rui/dan.
pung.myo*ng.so.ra.go/he*

內藏山的楓葉聽說是南韓第一的楓葉名勝區。

A 여기 풍경이 진짜 아름답네.

yo*.gi/pung.gyo*ng.i/jin.jja/a.reum.dam.ne

這裡的風景真的很美。

A 공기도 맑고 오랜만에 이런 곳에 와서 참
좋다.

gong.gi.do/mal.go/o.re*n.ma.ne/i.ro*n/go.se/wa.so*
/cham/jo.ta

空氣又好，好久沒來這種地方了，感覺很棒！

B 여기서 다 같이 사진 한 장 찍자.

yo*.gi.so*/da.ga.chi/sa.jin/han/jang/jjik.jja

大家在這裡拍一張照片吧。

實用會話 – 買票

표 사기
買票

例 표 파는 곳은 어디입니까?

pyo/pa.neun/go.seun/o*.di.im.ni.ga

請問售票處在哪裡?

例 자동매표기가 어디에 있습니까?

ja.dong.me*.pyo.gi.ga/o*.di.e/it.sseum.ni.ga

自動售票機在哪裡?

例 표를 사는 것을 좀 도와 주시겠어요?

pyo.reul/ssa.neun/go*.seul/jjom/do.wa/ju.si.ge.sso*.yo

可以幫忙我買票嗎?

例 입장료는 얼마예요?

ip.jjang.nyo.neun/o*l.ma.ye.yo

入場費多少錢?

例 난타쇼 티켓은 여기서 예약할 수 있습니까?

nan.ta.syo/ti.ke.seun/yo*.gi.so*/ye.ya.kal/ssu.it.

sseum.ni.ga

這裡可以訂亂打秀的票嗎?

例 티켓은 어디서 삽니까?

ti.ke.seun/o*.di.so*/sam.ni.ga

票要在哪裡買?

例 여기서 표를 살 수 있습니까?
yo*.gi.so*/pyo.reul/ssal/ssu/it.sseum.ni.ga
這裡可以買票嗎?

例 오늘 표는 아직 있습니까?
o.neul/pyo.neun/a.jik/it.sseum.ni.ga
今天的票還有嗎?

例 가장 싼 표는 얼마입니까?
ga.jang/ssan/pyo.neun/o*.l.ma.im.ni.ga
最便宜的票多少錢?

例 할인 티켓은 있나요?
ha.rin/ti.ke.seun/in.na.yo
有打折票嗎?

例 표가 이미 매진되었습니다.
pyo.ga/i.mi/me*.jin.dwe.o*t.sseum.ni.da
票已經賣完了。

👥 買票對話

• track 143

A 표는 어디에서 사요?
pyo.neun/o*.di.e.so*/sa.yo
票在哪裡買?

B 입구 옆에 매표소가 있어요. 가 보세요.
ip.gu/yo*.pe/me*.pyo.so.ga/i.sso*.yo/ga.bo.se.yo
入口旁邊有售票所,你去那看看吧。

A 성인표 한 장에 얼마예요?

so*ng.in.pyo/han/jang.e/o*l.ma.ye.yo

成人票一張多少錢？

B 한 장에 삼천오백원입니다.

han/jang.e/sam.cho*.no.be*.gwo.nim.ni.da

一張三千五百韓圜。

A 두 장 주세요.

du/jang/ju.se.yo

請給我兩張。

B 여기 있습니다.

yo*.gi/it.sseum.ni.da

票在這裡。

實用會話 – 表演

공연
表演

例 공연 내용은 뭐예요?

gong.yo*n/ne*.yong.eun/mwo.ye.yo

表演內容是什麼？

例 공연 시간은 어느 정도예요?

gong.yo*n/si.ga.neun/o*.neu/jo*ng.do.ye.yo

表演時間有多長？

例 공연은 몇 시에 시작해요?

gong.yo*.neun/myo*t/si.e/si.ja.ke*.yo

表演幾點開始？

例 공연은 몇 시에 끝나요?

gong.yo*.neun/myo*t/si.e/geun.na.yo

表演幾點結束？

例 아직 좋은 자리는 있나요?

a.jik/jo.eun/ja.ri.neun/in.na.yo

還有好位子嗎？

看街頭表演

A 저기 사람들이 많네.

jo*.gi/sa.ram.deu.ri/man.ne

那裡人很多耶！

B 길거리 공연인 것 같아. 가서 구경하자.
gil.go*.ri/gong.yo*.nin/go*t/ga.ta//ga.so*/gu.gyo*
ng.ha.ja

好像是街頭表演，我們去看看吧！

A 정말 노래도 잘 하고 기타도 잘 치네.
jo*ng.mal/no.re*.do/jal/ha.go/gi.ta.do/jal/chi.ne

真的歌唱得好，吉他也彈得好呢！

B 이렇게 보니까 얼굴도 잘 생겼네.
i.ro*.ke/bo.ni.ga/o*l.gul.do/jal/sse*ng.gyo*n.ne

從這邊看過去，也長得蠻帥的。

A 가수가 되면 꼭 성공할 거야.
ga.su.ga/dwe.myo*n/gok/so*ng.gong.hal/go*.ya

如果當歌手的話，一定會成功的。

5

玩樂篇

實用會話 – 名勝古蹟

명승고적
名勝古蹟

例 여기에서 명승 고적 무엇이 있습니까?

yo*.gi.e.so*/myo*ng.seung/go.jo*k/mu.o*.si/it.
sseum.ni.ga

這裡有什麼名勝古蹟嗎？

例 이 건물은 어느 정도 오래된 거예요?

i/go*n.mu.reun/o*.neu/jo*ng.do/o.re*.dwen/go*.ye.
yo

這棟建築有多老了？

例 한국의 국보 남대문은 언제 세워졌습니까?

han.gu.gui/guk.bo/nam.de*.mu.neun/o*n.je/se.wo.
jo*t.sseum.ni.ga

韓國的國寶南大門是什麼時候建的？

例 남대문은 1398년에 세워졌습니다.

nam.de*.mu.neun/cho*n.sam.be*k.gu.sip.pal.lyo*.
ne/se.wo.jo*t.sseum.ni.da

南大門是 1398 年建的。

例 이 부근에 유적지가 있습니까?

i/bu.geu.ne/yu.jo*k.jji.ga/it.sseum.ni.ga

這附近有遺址嗎？

例 저것은 세종대왕 동상입니다.

jo*.go*.seun/se.jong.de*.wang/dong.sang.im.ni.da

那是世宗大王的銅像。

例 한국의 명승고적을 유람하고 문화를 체험합니다.

han.gu.gui/myo*ng.seung.go.jo*.geul/yu.ram.ha.go/
mun.hwa.reul/che.ho*m.ham.ni.da

遊覽韓國的名勝古蹟並體驗文化。

例 한국민속촌에 가 본 적이 있어요?

han.gung.min.sok.cho.ne/ga/bon/jo*.gi/i.sso*.yo

你有過韓國民俗村嗎？

例 경복궁은 조선왕조 제일의 정궁이다.

gyo*ng.bok.gung.eun/jo.so*.nwang.jo/je.i.rui/jo*
ng.gung.i.da

景福宮是朝鮮王朝第一的正宮。

生詞不用查

건물	名詞	建築物
오래되다	動詞	很久、過了很長時間
세워지다	動詞	被建造
유적지	名詞	遺址
동상	名詞	銅像
체험하다	動詞	體驗

實用會話 – 汗蒸幕

찜질방
汗蒸幕

例 같이 찜질방에 갈까요?
ga.chi/jjim.jil.bang.e/gal.ga.yo
要不要一起去汗蒸幕？

例 여기 사우나가 있습니까?
yo*.gi/sa.u.na.ga/it.sseum.ni.ga
這裡有三溫暖嗎？

例 빨리 찜질복으로 갈아입어요.
bal.li/jjim.jil.bo.geu.ro/ga.ra.i.bo*.yo
快點換穿桑拿服。

例 때밀이 가격은 얼마예요?
de*.mi.ri/ga.gyo*.geun/o*l.ma.ye.yo
搓背的價格是多少錢？

例 제 옷을 어디에 둬야 해요?
je/o.seul/o*.di.e/dwo.ya/he*.yo
我的衣服要放在哪裡？

例 저 세면 용품을 안 가져 왔어요.
jo*/se.myo*n/yong.pu.meul/an/ga.jo*/wa.sso*.yo
我沒帶洗臉的用品。

例 우리 수면실에 갑시다.
u.ri/su.myo*n.si.re/gap.ssi.da
我們去睡眠室吧。

例 구운 계란하고 식혜를 먹고 싶어요.

gu.un/gye.ran.ha.go/si.kye.reul/mo*k.go/si.po*.yo

我想吃烤雞蛋和甜米露。

例 수건은 어디서 구할 수 있어요?

su.go*.neun/o*.di.so*/gu.hal/ssu/i.sso*.yo

毛巾要去哪裡拿？

桑拿房關鍵字

열탕	熱湯
yo*l.tang	

온탕	溫湯
on.tang	

냉탕	冷湯
ne*ng.tang	

대중사우나	大眾三溫暖
de*.jung.sa.u.na	

實用會話 – 紀念品

기념품
紀念品

例 기념품 가게는 어디에 있어요?
gi.nyo*m.pum/ga.ge.neun/o*.di.e/i.sso*.yo
紀念品店在哪裡呢？

例 그 전통탈을 사고 싶어요.
geu/jo*n.tong.ta.reul/ssa.go/si.po*.yo
我想買那個傳統面具。

例 한복 인형은 너무 예쁘고 귀엽네요.
han.bok/in.hyo*ng.eun/no*.mu/ye.beu.go/gwi.yo*m.ne.yo
韓服娃娃很漂亮又可愛呢！

例 선물을 사야 해서 좀 볼게요.
so*n.mu.reul/ssa.ya/he*.so*/jom/bol.ge.yo
我得買禮物，我去看一下。

例 추억으로 엽서 한 장 살까?
chu.o*.geu.ro/yo*p.sso*/han.jang/sal.ga
買張明信片做紀念好了。

例 선물용으로 포장해 주세요.
so*n.mu.ryong.eu.ro/po.jang.he*/ju.se.yo
我要送人，請幫我包裝。

例 종이 봉지 하나 더 주시겠습니까?

jong.i/bong.ji/ha.na/do*/ju.si.get.sseum.ni.ga

可以再給我一個紙袋嗎？

例 포장해 주시겠어요?

po.jang.he*/ju.si.ge.sso*.yo

可以幫我包裝嗎？

例 예쁘게 포장해 주세요.

ye.beu.ge/po.jang.he*/ju.se.yo

請幫我包裝得漂亮一點。

例 이 그림이 얼마예요?

i/geu.ri.mi/o*l.ma.ye.yo

這幅圖畫多少錢？

例 엽서 한 장에 얼마예요?

yo*p.sso*/han/jang.e/o*l.ma.ye.yo

明信片一張多少錢？

實用會話 – 街頭小吃

길거리 음식
街頭小吃

例 소세지 꼬치 하나 주세요.
so.se.ji/go.chi/ha.na/ju.se.yo
請給我一支香腸串。

例 튀김 세 개는 천원입니다.
twi.gim/se/ge*.neun/cho*.nwo.nim.ni.da
炸物三個一千韓圜。

例 계란빵 한 개에 얼마예요?
gye.ran.bang/han/ge*.e/o*l.ma.ye.yo
雞蛋糕一個多少錢？

例 김밥 한 줄 주세요.
gim.bap/han/jul/ju.se.yo
請給我一條紫菜飯捲。

例 닭꼬치 매운 맛으로 주세요.
dak.go.chi/me*.un/ma.seu.ro/ju.se.yo
烤雞肉串請給我辣味的。

例 초코크림 와플 하나 주세요.
cho.ko.keu.rim/wa.peul/ha.na/ju.se.yo
請給我一個巧克力奶油鬆餅。

例 여기는 여러가지의 길거리 음식이 있네요.

yo*.gi.neun/yo*.ro*.ga.ji.ui/gil.go*.ri/eum.si.gi/in.
ne.yo

這裡有各式各樣的路邊小吃耶！

例 아주머님, 여기 우동 한 그릇 주세요.

a.ju.mo*.nim//yo*.gi/u.dong/han/geu.reut/ju.se.yo

阿姨，請給我一碗烏龍麵。

例 오뎅 하나하고 떡볶이 일인분 주세요.

o.deng/ha.na.ha.go/do*k.bo.gi/i.rin.bun/ju.se.yo

請給我一個黑輪和一人份的辣炒年糕。

例 저는 구운 호떡을 제일 좋아해요.

jo*.neun/gu.un/ho.do*.geul/jje.il/jo.a.he*.yo

我最喜歡烤的黑糖餡餅。

例 아저씨, 순대 일인분 주세요.

a.jo*.ssi//sun.de*/i.rin.bun/ju.se.yo

大叔，給我一份的糯米腸。

韓國街頭小吃

떡볶이	辣炒年糕
do*k.bo.gi	
계란빵	雞蛋糕
gye.ran.bang	
오뎅	魚漿黑輪
o.deng	

호떡	黑糖餡餅
ho.do*k	

순대	血腸
sun.de*	

번데기	蠶蛹
bo*n.de.gi	

감자핫도그	薯條熱狗
gam.ja.hat.do.geu	

회오리감자	旋風土豆
hwe.o.ri.gam.ja	

핫바	魚漿條
hat.ba	

국화빵	菊花紅豆燒
gu.kwa.bang	

닭꼬치	烤雞肉串
dak.go.chi	

오징어버터구이	烤奶油魷魚
o.jing.o*.bo*.to*.gu.i	

소세지	香腸
so.se.ji	

와플	鬆餅
wa.peul	

實用會話 - 拍照

사진 찍기
拍照

例 실례지만, 사진 좀 찍어 주시겠어요?
sil.lye.ji.man//sa.jin/jom/jji.go*/ju.si.ge.sso*.yo
不好意思，可以幫我拍照嗎？

例 함께 사진을 찍어도 될까요?
ham.ge/sa.ji.neul/jji.go*.do/dwel.ga.yo
我可以和你一起拍照嗎？

例 찍습니다. 하나, 둘, 셋.
jjik.sseum.ni.da//ha.na/dul/set
我要照囉，一二三。

例 저기, 여기서 사진 찍으면 안 됩니다.
jo*.gi//yo*.gi.so*/sa.jin/jji.geu.myo*n/an/dwem.ni.
da
那個…這裡不可以拍照。

例 여기서 사진을 찍어도 좋습니까?
yo*.gi.so*/sa.ji.neul/jji.go*.do/jo.sseum.ni.ga
我可以在這裡拍照嗎？

例 사진 한 장 더 찍어 주시겠어요?
sa.jin/han/jang/do*/jji.go*/ju.si.ge.sso*.yo
你可以再幫我拍一張嗎？

例 플래시를 사용해도 돼요?

peul.le*.si.reul/ssa.yong.he*.do/dwe*.yo

我可以使用閃光燈嗎？

例 여기도 사진 찍기에 아주 좋은 곳이다.

yo*.gi.do/sa.jin.jjik.gi.e/a.ju.jo.eun/go.si.da

這裡也是不錯的拍照景點。

例 안에서 사진을 찍을 수 있습니까?

a.ne.so*/sa.ji.neul/jji.geul/ssu.it.sseum.ni.ga

裡面可以照相嗎？

함께	副詞	一起、一同
플래시	名詞	閃光燈
사용하다	動詞	使用
안	名詞	裡面、內部

👥 **拍照對話**
• track 151

Ⓐ 여기 여러가지 꽃이 펴서 참 예쁘다.

yo*.gi/yo*.ro*.ga.ji/go.chi/pyo*.so*/cham/ye.beu.da

這裡開了各式各樣的花真美。

Ⓑ 사진 찍어 줄까?

sa.jin/jji.go*/jul.ga

要幫你拍照嗎？

A 응, 꽃들을 배경으로 찍어 줘.

eung//got.deu.reul/be*.gyo*ng.eu.ro/jji.go*/jwo

恩,以花為背景幫我拍。

B 그래. 자, 웃어 봐. 김치!

geu.re*//ja//u.so*/bwa//gim.chi

好,笑一個,泡菜!

A 이게 뭐야. 눈 감았잖아! 다시 찍어 줘.

i.ge/mwo.ya//nun.ga.mat.jja.na//da.si/jji.go*/jwo

這是什麼啊?眼睛都閉起來了,重拍一次。

B 아니야. 예쁘게 잘 나왔는데.

a.ni.ya//ye.beu.ge/jal/na.wan.neun.de

不會啊!拍得很好看啊!

A 싫어. 다시 찍어 줘. 빨리.

si.ro*//da.si/jji.go*/jwo//bal.li

不要,再幫我重拍一次,快點啦!

實用會話 – 韓國旅遊

한국 여행
韓國旅遊

例 저는 여행하러 왔습니다.
jo*.neun/yo*.he*ng.ha.ro*/wat.sseum.ni.da
我是來旅遊的。

例 실례합니다. 짐을 어디서 찾을 수 있습니까?
sil.lye.ham.ni.da//ji.meul/o*.di.so*/cha.jeul/ssu/it.
sseum.ni.ga
不好意思，請問要去哪裡領行李？

例 묵을 곳을 찾습니다. 싼 호텔을 소개해 주
세요.
mu.geul/go.seul/chat.sseum.ni.da//ssan/ho.te.reul/
sso.ge*.he*/ju.se.yo
我在找住的地方，請介紹我便宜一點的飯店。

例 공항에서 시내에 어떻게 갈 수 있어요?
gong.hang.e.so*/si.ne*.e/o*.do*.ke/gal/ssu/i.sso*.yo
請問怎麼從機場到市區呢？

例 동대문에 가려고 하는데 몇 번 버스를 타
야 합니까?
dong.de*.mu.ne/ga.ryo*.go/ha.neun.de/myo*t/bo*n/
bo*.seu.reul/ta.ya/ham.ni.ga
我想去東大門，要搭幾號公車呢？

例 이 근처에 환전소가 있습니까?
i/geun.cho*.e/hwan.jo*n.so.ga/it.sseum.ni.ga
這附近有換錢所嗎？

例 환전하려면 명동 근처에 가 보세요.
hwan.jo*n.ha.ryo*.myo*n/myo*ng.dong/geun.cho*.
e/ga/bo.se.yo
要換錢就去明洞附近吧。

例 달러를 한국돈으로 바꿔 주세요.
dal.lo*.reul/han.guk.do.neu.ro/ba.gwo/ju.se.yo
請幫我把美金換成韓幣。

例 지금 달러와 한국돈의 환율이 얼마예요?
ji.geum/dal.lo*.wa/han.guk.do.nui/hwa.nyu.ri/o*l.
ma.ye.yo
現在美金對韓幣的匯率是多少？

例 인사동에 가고 싶은데 어떻게 가야 해요?
in.sa.dong.e/ga.go/si.peun.de/o*.do*.ke/ga.ya/he*.
yo
我想去仁寺洞，要怎麼去？

例 아저씨, 시청역에서 내려 주세요.
a.jo*.ssi/si.cho*ng.yo*.ge.so*/ne*.ryo*/ju.se.yo
大叔，請讓我在市廳站下車。

例 이거 어느 시대의 궁궐이에요?
i.go*/o*.neu/si.de*.ui/gung.gwo.ri.e.yo
這是哪個時代的宮殿？

例 다른 구경거리 없습니까?

da.reun/gu.gyo*ng.go*.ri/o*p.sseum.ni.ga

沒有其他可以逛的嗎？

例 여기 특산품은 뭐가 있습니까?

yo*.gi/teuk.ssan.pu.meun/mwo.ga/it.sseum.ni.ga

這裡有什麼特產品？

例 서울 야경 좋은 곳이 어디예요?

so*.ul/ya.gyo*ng/jo.eun/go.si/o*.di.ye.yo

首爾那裡可以看到夜景？

例 이 음식은 한국어로 뭐라고 하나요?

i/eum.si.geun/han.gu.go*.ro/mwo.ra.go/ha.na.yo

這個食物韓語怎麼説？

例 여권을 잃어버렸습니다.

yo*.gwo.neul/i.ro*.bo*.ryo*t.sseum.ni.da

我的護照弄丟了。

聊到韓國旅行

• track 153

Ⓐ 난 이번 연휴에는 한국 가기로 했다.

nan/i.bo*n/yo*n.hyu.e.neun/han.guk/ga.gi.ro/he*t.da

我這次連假決定要去韓國了。

Ⓐ 비행기표도 이미 예약해 놓았어.

bi.he*ng.gi.pyo.do/i.mi/ye.ya.ke*/no.a.sso*

飛機票也都訂好了。

B 좋은 생각이야. 여행 계획은 다 짰어?

jo.eun/se*ng.ga.gi.ya//yo*.he*ng/gye.hwe.geun/da/
jja.sso*

不錯啊！旅遊計畫都排好了嗎？

A 아직이야. 한국에 가면 꼭 가봐야 할 곳을
가르쳐 줘.

a.ji.gi.ya//han.gu.ge/ga.myo*n/gok/ga.bwa.ya/hal/
go.seul/ga.reu.cho*/jwo

還沒，告訴我去韓國有哪些一定要去的地方？

B 글쎄. 여행책을 보면 다 알겠지만

geul.sse//yo*.he*ng.che*.geul/bo.myo*n/da/al.get.
jji.man

恩…，你看旅遊書就知道啦！

B 제게 가장 인상적인 곳은 경복궁이야.

je.ge/ga.jang/in.sang.jo*.gin/go.seun/gyo*ng.bok.
gung.i.ya

不過我印象最深刻的就是景福宮。

B 조선시대 궁전 건축들도 볼 수 있고 무료
한복 체험도 할 수 있어.

o.so*n.si.de*/gung.jo*n/go*n.chuk.deul.do/bol/su/
it.go/mu.ryo/han.bok/che.ho*m.do/hal/ssu/i.sso*

不但可以看到朝鮮時代的宮殿建築，還可以免費體
驗穿韓服。

實用會話 – 訂飯店

호텔 예약하기
訂飯店

例 이번 주 금요일에 방을 예약하고 싶은데요.
i.bo*n/ju/geu.myo.i.re/bang.eul/ye.ya.ka.go/si.peun.
de.yo
我想訂這周五的房間。

例 더블룸으로 부탁드립니다.
do*.beul.lu.meu.ro/bu.tak.deu.rim.ni.da
請給我雙人房。

例 일박은 얼마입니까?
il.ba.geun/o*l.ma.im.ni.ga
一天的住宿費多少錢？

例 요금에 조식은 포함되어 있습니까?
yo.geu.me/jo.si.geun/po.ham.dwe.o*/it.sseum.ni.ga
價格有包含早餐嗎？

例 체크인하려고 하는데요. 이름은 장리진이
라고 합니다.
che.keu.in.ha.ryo*.go/ha.neun.de.yo//i.reu.meun/
jang.ni.ji.ni.ra.go/ham.ni.da
我要入住，我的名字是張利珍。

例 예약은 대만에서 했습니다.
ye.ya.geun/de*.ma.ne.so*/he*t.sseum.ni.da
我是在台灣預約的。

例 죄송합니다. 제가 열쇠를 잃어버렸어요.

jwe.song.ham.ni.da//je.ga/yo*l.swe.reul/i.ro*.bo*.

ryo*.sso*.yo

對不起，我把鑰匙弄丟了。

例 여기 세탁 서비스가 있습니까?

yo*.gi/se.tak/so*.bi.seu.ga/it.sseum.ni.ga

這裡有洗衣服務嗎？

例 변기가 막힌 것 같습니다.

byo*n.gi.ga/ma.kin/go*t/gat.sseum.ni.da

馬通好像塞住了。

例 좀더 큰 방으로 바꾸고 싶은데요.

jom.do*/keun/bang.eu.ro/ba.gu.go/si.peun.de.yo

我想換到再大一點的房間。

例 체크아웃하려고 합니다. 열쇠가 여기 있습
니다.

che.keu.a.u.ta.ryo*.go/ham.ni.da//yo*l.swe.ga/yo*.

gi.it.sseum.ni.da

我要退房，鑰匙在這裡。

訂房對話   • track 155

A 실례지만 내일 밤 빈 방이 있습니까?

sil.lye.ji.man/ne*.il/bam/bin/bang.i.it.sseum.ni.ga

不好意思，請問明天晚上有空房嗎？

B 일인실을 원하세요? 아니면 이인실을 원하세요?

i.rin.si.reul/won.ha.se.yo//a.ni.myo*n/i.in.si.reul/won.ha.se.yo

您要住單人房還是雙人房？

A 이인실을 원합니다.

i.in.si.reul/won.ham.ni.da

我要雙人房。

B 있습니다. 며칠 동안 묵으실 거예요?

it.sseum.ni.da//myo*.chil/dong.an/mu.geu.sil/go*.ye.yo

有的，您要住幾天呢？

A 내일부터 이틀 동안 묵으려고요.

ne*.il.bu.to*/i.teul/dong.an/mu.geu.ryo*.go.yo

明天起共兩天。

B 성함이 어떻게 되세요?

so*ng.ha.mi/o*.do*.ke/dwe.se.yo

請問您貴姓大名？

A 장리진이에요.

jang.ni.ji.ni.e.yo

張利珍。

生活篇

지루한 생활에 활력소를 넣어 주
자.
在無聊的生活裡添加一點活力元素吧！

6

生活篇

句型 – 動詞 + (으)ㄹ 거예요.

이따가 잘 거예요.
我等一下就睡

解析

> 接在動詞語幹後方，當主語是第一人稱（我）時，表示主語「未來的計畫」或「個人意志」。動詞語幹有尾音接「을 거예요」，動詞語幹無尾音接「ㄹ 거예요」。

例 일어날 거예요.
　i.ro*.nal/go*.ye.yo
　我要起床了。

例 집을 살 거예요.
　ji.beul/ssal/go*.ye.yo
　我要買房子。

例 요리를 배울 거예요.
　yo.ri.reul/be*.ul/go*.ye.yo
　我要學做菜。

例 책을 읽을 거예요.
　che*.geul/il.geul/go*.ye.yo
　我要看書。

例 타이페이에 있을 거예요.
　ta.i.pe.i.e/i.sseul/go*.ye.yo
　我會在台北。

句型 – 動詞 + 지 않다 (否定動作)

청소를 하지 않아요.
不打掃

解析

接在動詞語幹後方，用來否定某一動作行為，中文可
譯成「不～」。

例 불을 끄지 않아요.
bu.reul/geu.ji/a.na.yo
不關燈。

例 방을 정리하지 않아요.
bang.eul/jjo*ng.ni.ha.ji/a.na.yo
不整理房間。

例 책상을 닦지 않아요.
che*k.ssang.eul/dak.jji/a.na.yo
不擦書桌。

例 텔레비전을 보지 않습니다.
tel.le.bi.jo*.neul/bo.ji/an.sseum.ni.da
不看電視。

例 숙제를 하지 않습니다.
suk.jje.reul/ha.ji/an.sseum.ni.da
不寫作業。

6

助詞 – 名詞 + 하고

직장하고 학교

職場和學校

解析

하고為口語化用法，用來連接前後兩個名詞，表示
「並列、列舉」。中文可譯成「和、跟」。

例 가족하고 친구.
ga.jo.ka.go/chin.gu
家人和朋友。

例 책상하고 의자.
che*k.ssang.ha.go/ui.ja
書桌和椅子。

例 치우개하고 연필.
chi.u.ge*.ha.go/yo*n.pil
橡皮擦和鉛筆。

例 만화책하고 교과서.
man.hwa.che*.ka.go/gyo.gwa.so*
漫畫書和教科書。

例 컴퓨터하고 프린터.
ko*m.pyu.to*.ha.go/peu.rin.to*
電腦和印表機。

助詞 – 有尾音名詞＋과

생활과 문화
生活和文化

解析

와/과為文章體，用來連接前後兩個名詞，表示「並列、列舉」。中文可譯成「和、跟」。有尾音的名詞後方接「과」，無尾音的名詞後方接「와」。

例 선생님과 학생.
　　so*n.se*ng.nim.gwa/hak.sse*ng
　　老師和學生。

例 동물과 식물.
　　dong.mul.gwa/sing.mul
　　動物和植物。

例 집안일과 회사일.
　　ji.ba.nil.gwa/hwe.sa.il
　　家事和公司事。

例 가방과 지갑.
　　ga.bang.gwa/ji.ga
　　包包和皮夾。

例 산과 바다.
　　san.gwa/ba.da
　　山和海。

助詞 – 無尾音名詞 + 와

친구와 가족
朋友和家人

解析

와/과為文章體，用來連接前後兩個名詞，表示「並列、列舉」。中文可譯成「和、跟」。有尾音的名詞後方接「과」，無尾音的名詞後方接「와」。

例 사과와 배.
sa.gwa.wa/be*
蘋果和梨子。

例 시계와 모자.
si.gye.wa/mo.ja
手錶和帽子。

例 숙제와 시험.
suk.jje.wa/si.ho*m
作業和考試。

例 회의와 출장.
hwe.ui.wa/chul.jang
會議和出差。

例 공부와 연애.
gong.bu.wa/yo*.ne*
學習和戀愛。

過去式語尾 – 動詞語幹 + 았

고기를 샀어요.
買了肉

解析

韓語過去式就是在動詞、形容詞語幹後方，接上過去式語尾「았」、「었」、「였」。았接在語幹的母音是ㅏ或ㅗ的動詞、形容詞語幹後方，表示過去的動作或狀態。

例 잠을 잤어요.
ja.meul/jja.sso*.yo
睡覺了。

例 문을 닫았어요.
mu.neul/da.da.sso*.yo
關門了。

例 마루를 닦았어요.
ma.ru.reul/da.ga.sso*.yo
擦了地板。

例 장을 봤습니다.
jang.eul/bwat.sseum.ni.da
去了市場。

例 손님이 왔어요?
son.ni.mi/wa.sso*.yo
客人來了嗎？

過去式語尾 – 動詞語幹＋었

불을 켰어요.
開了燈

解析

韓語過去式就是在動詞、形容詞語幹後方，接上過去式語尾「았」、「었」、「였」。었接在語幹的母音不是ㅏ或ㅗ的動詞、形容詞語幹後方，表示過去的動作或狀態。

例 음식을 만들었어요.
eum.si.geul/man.deu.ro*.sso*.yo
做了菜。

例 방을 치웠습니다.
bang.eul/chi.wot.sseum.ni.da
打掃了房間。

例 쓰레기를 버렸어요.
sseu.re.gi.reul/bo*.ryo*.sso*.yo
丟了垃圾。

例 문을 열었어요?
mu.neul/yo*.ro*.sso*.yo
開門了嗎？

例 점심밥을 먹었어요?
jo*m.sim.ba.beul/mo*.go*.sso*.yo
吃午餐了嗎？

● track 163

過去式語尾 – 하다類動詞 + 였

빨래를 했어요.
洗了衣服

解析

韓語過去式就是在動詞、形容詞語幹後方，接上過去
式語尾「았」、「었」、「였」。였接在하다類的動
詞、形容詞語幹後方，表示過去的動作或狀態。語幹
하和過去式였會結合成「했」的型態。

例 설거지를 했어요.
so*l.go*.ji.reul/he*.sso*.yo
洗了碗。

例 샤워를 했어요.
sya.wo.reul/he*.sso*.yo
洗了澡。

例 양치질을 했어요.
yang.chi.ji.reul/he*.sso*.yo
刷牙了。

例 공부를 했습니다.
gong.bu.reul/he*t.sseum.ni.da
念了書。

例 일을 했습니까?
i.reul/he*t.sseum.ni.ga
工作了嗎？

6

句型 – 動詞＋고 있다

일하고 있어요.
正在工作

解析

接在動詞語幹後方，表示該動作正在進行中。中文可譯成「正在做…」。

例 공부하고 있어요.
gong.bu.ha.go/i.sso*.yo
正在念書。

例 이메일을 쓰고 있어요.
i.me.i.reul/sseu.go/i.sso*.yo
正在寫電子郵件。

例 운전하고 있어요?
un.jo*n.ha.go/i.sso*.yo
正在開車嗎？

例 지금 자고 있어요.
ji.geum/ja.go/i.sso*.yo
我在睡覺。

例 고민하고 있습니까?
go.min.ha.go/it.sseum.ni.ga
你在煩惱嗎？

助詞 – 名詞 + 한테

한국친구한테 생일카드를 써요.
寫生日卡片給韓國朋友

解析

한테接在表示人或動物的有情名詞後方，表示行為的歸著點。中文可譯成「向…／給…／對…」。

例 토끼한테 당근을 줘요.

to.gi.han.te/dang.geu.neul/jjwo.yo

給兔子紅蘿蔔。

例 아저씨가 나한테 전화하셨다.

a.jo*.ssi.ga/na.han.te/jo*n.hwa.ha.syo*t.da

大叔打電話給我了。

例 도현 씨가 여친한테 약혼 반지를 줬어요.

do.hyo*n/ssi.ga/yo*.chin.han.te/ya.kon/ban.ji.reul/jjwo.sso*.yo

道賢給女朋友訂婚戒指了。

例 제가 동료한테 돈을 빌려 주지 않았어요.

je.ga/dong.nyo.han.te/do.neul/bil.lyo*/ju.ji/a.na.sso*.yo

我沒有借錢給同事。

例 도대체 저한테 왜 이러세요?

do.de*.che/jo*.han.te/we*/i.ro*.se.yo

到底為什麼這樣對我？

助詞－名詞＋에게

내가 동생에게 사탕을 줬다.
我給了弟弟糖果

解析

에게接在表示人或動物的有情名詞後方，表示行為的歸著點。中文可譯成「向…／給…／對…」。에게為書面體，한테為口語化用法。

例 선배는 후배들에게 경험을 나눠요.

so*n.be*.neun/hu.be*.deu.re.ge/gyo*ng.ho*.meul/
na.nwo.yo

前輩分享經驗給後輩。

例 개에게 밥을 주세요.

ge*.e.ge/ba.beul/jju.se.yo

請給狗飯吃。

例 친구가 여자친구에게 전화를 걸어요.

chin.gu.ga/yo*.ja.chin.gu.e.ge/jo*n.hwa.reul/go*.
ro*.yo

朋友打電話給女朋友。

例 그 사람은 저에게 이름이 뭐냐고 물었다.

geu/sa.ra.meun/jo*.e.ge/i.reu.mi/mwo.nya.go/mu.
ro*t.da

那個人問我叫什麼名字。

例 다른 사람에게 알려 주지 마세요.

da.reun/sa.ra.me.ge/al.lyo*/ju.ji/ma.se.yo

請不要告訴其他人。

助詞 – 名詞 + 께

어른들께 인사를 드렸다.
向長輩們打了招呼

解析

께為한테和에게的敬語，接在需要表示尊敬的人物名詞後方，表示行為的歸著點。中文可譯成「向…／給…／對…」。

例 어머님께 물어 보세요.
o*.mo*.nim.ge/mu.ro*/bo.se.yo
請你去問媽媽。

例 선생님께 꽃을 드리고 싶어요.
so*n.se*ng.nim.ge/go.cheul/deu.ri.go/si.po*.yo
我想送老師花。

例 이 소포는 사장님께 전해 주세요.
i/so.po.neun/sa.jang.nim.ge/jo*n.he*/ju.se.yo
這個包裹請交給社長。

例 제가 아버지께 화를 냈습니다.
je.ga/a.bo*.ji.ge/hwa.reul/ne*t.sseum.ni.da
我向爸爸發脾氣了。

例 팀장님께 문자를 보내세요.
tim.jang.nim.ge/mun.ja.reul/bo.ne*.se.yo
請你傳簡訊給組長。

6

生活篇

句型 – 動詞＋아/어 주다

> 창문을 닫아 주세요.
> **請幫我關窗戶**

解析

接在動詞語幹後方，表示「為某人做某事」。動詞語幹母音為ㅏ或ㅗ時，接「아 주다」，動詞語幹母音不是ㅏ或ㅗ時，接「어 주다」。

例 편지를 읽어 주세요.
pyo*n.ji.reul/il.go*/ju.se.yo
請幫我讀信。

例 빨리 해 주세요.
bal.li/he*/ju.se.yo
請快點做。

例 앞으로 많이 도와 주세요.
a.peu.ro/ma.ni/do.wa/ju.se.yo
以後請多多幫忙我。

例 오빠가 저녁 밥을 사 줘요.
o.ba.ga/jo*.nyo*k/ba.beul/ssa/jwo.yo
哥哥會買晚餐給我。

例 제 지갑을 찾아 주세요.
je/ji.ga.beul/cha.ja/ju.se.yo
請幫我找我的皮夾。

句型 – 動詞 + 아/어 드리다

뭘 도와 드릴까요?
能幫您什麼忙？

解析

接在動詞語幹後方，表示自己為長輩或需要尊敬的對象
做某事。動詞語幹母音為ㅏ或ㅗ時，接「아 드리다」，
動詞語幹母音不是ㅏ或ㅗ時，接「어 드리다」。

例 선물은 포장해 드렸어요.
so*n.mu.reun/po.jang.he*/deu.ryo*.sso*.yo
禮物幫您包裝好了。

例 커피에 설탕을 넣어 드릴까요?
ko*.pi.e/so*l.tang.eul/no*.o*/deu.ril.ga.yo
咖啡要幫您加糖嗎？

例 아버지한테 선물을 사 드렸어요.
a.bo*.ji.han.te/so*n.mu.reul/ssa/deu.ryo*.sso*.yo
買禮物給爸爸了。

例 앞으로 잘 부탁 드립니다.
a.peu.ro/jal/bu.tak/deu.rim.ni.da
以後請多多指教。

例 모르는 할머니한테 길을 가르쳐 드렸어요.
mo.reu.neun/hal.mo*.ni.han.te/gi.reul/ga.reu.cho*/
deu.ryo*.sso*.yo
為不認識的老奶奶指路了。

連接語尾 – 形容詞＋(으)시

정말 대단하세요.
真了不起！

解析

在形容詞、이다 (是) 的語幹後方接上(으)시，表示
尊敬主語 (聽話者或比談話者和聽話者的年齡、社會
地位還高的對象)。語幹有尾音接「으시」；語幹無
尾音接「시」。

例 사모님도 참 아름다우세요.
sa.mo.nim.do/cham/a.reum.da.u.se.yo
夫人您真美麗呢！

例 아주머니가 너무 친절하시네요 .
a.ju.mo*.ni.ga/no*.mu/chin.jo*l.ha.si.ne.yo
阿姨很親切呢！

例 따님이 아주 예쁘시네요.
da.ni.mi/a.ju/ye.beu.si.ne.yo
您的女兒很美呢！

例 부장님은 언제나 엄격하십니다.
bu.jang.ni.meun/o*n.je.na/o*m.gyo*.ka.sim.ni.da
部長一直都很嚴格。

例 우리 사장님이 꽃미남이십니다.
u.ri/sa.jang.ni.mi/gon.mi.na.mi.sim.ni.da
我們社長是美男子。

連接語尾 – 動詞＋(으)시

선생님이 오셨어요.

老師來了。

解析

在動詞語幹後方接上(으)시，表示尊敬主語（聽話者
或比談話者和聽話者的年齡、社會地位還高的對
象）。動詞語幹有尾音接「으시」；動詞語幹無尾音
接「시」。

例 아버지가 출근하셨어요.
a.bo*.ji.ga/chul.geun.ha.syo*.sso*.yo
爸爸去上班了。

例 어머니, 어디에 가세요?
o*.mo*.ni//o*.di.e/ga.se.yo
媽媽，您要去哪裡？

例 사장님이 식사하십니다.
sa.jang.ni.mi/sik.ssa.ha.sim.ni.da
社長在用餐。

例 할아버지, 지금 뭐 하세요?
ha.ra.bo*.ji//ji.geum/mwo/ha.se.yo
爺爺您現在在做什麼？

例 부모님이 부산에 계십니다.
bu.mo.ni.mi/bu.sa.ne/gye.sim.ni.da
父母親在釜山。

句型 – 動詞 + (으)ㄹ 수 있다

요리를 할 수 있어요.
我會做菜

解析

接在動詞語幹後方,表示某人有做某事的「能力」或「可能性」。動詞語幹有尾音接「을 수 있다」;動詞語幹無尾音接「ㄹ 수 있다」。

例 한국어를 할 수 있어요.
han.gu.go*.reul/hal/ssu/i.sso*.yo
我會說韓語。

例 일찍 올 수 있어요?
il.jjik/ol/su/i.sso*.yo
你可以早點來嗎?

例 빨리 대답할 수 있습니까?
bal.li/de*.da.pal/ssu/it.sseum.ni.ga
你可以快點回答嗎?

例 영자 신문을 읽을 수 있습니다.
yo*ng.ja/sin.mu.neul/il.geul/ssu/it.sseum.ni.da
我看得懂英文報紙。

例 가구를 만들 수 있어요.
ga.gu.reul/man.deul/ssu/i.sso*.yo
我會製作家具。

句型 – 動詞 + (으)ㄹ 수 없다

일찍 퇴근할 수 없어요.

我不能早點下班

解析

接在動詞語幹後方，表示某人沒有做某事的「能力」
或「可能性」。動詞語幹有尾音接「을 수 없다」；
動詞語幹無尾音接「ㄹ 수 없다」。

例 회의에 참석할 수 없어요.

hwe.ui.e/cham.so*.kal/ssu/o*p.sso*.yo

我無法參加會議。

例 돈을 줄 수 없습니다.

do.neul/jjul/su/o*p.sseum.ni.da

我不能給錢。

例 당신을 사랑할 수 없어요.

dang.si.neul/ssa.rang.hal/ssu/o*p.sso*.yo

我不能愛你。

例 환불을 받을 수 없습니까?

hwan.bu.reul/ba.deul/ssu/o*p.sseum.ni.ga

我不能退費嗎？

例 비싼 호텔에 묵을 수 없다.

bi.ssan/ho.te.re/mu.geul/ssu/o*p.da

我無法住貴的飯店。

6

句型 – 動詞＋(으)ㄹ게요.

제가 한턱 낼게요.
我請客

解析

接在動詞語幹後方，主語必須是第一人稱（我），表示主語的行為意志或意願，語感上帶有同時向聽話者做出「承諾」的意涵。動詞語幹有尾音接「을게요」；動詞語幹無尾音接「ㄹ게요」。

例 먼저 잘게요.
mo*n.jo*/jal.ge.yo
我先去睡了。

例 내가 식탁을 닦을게요.
ne*.ga/sik.ta.geul/da.geul.ge.yo
我來擦餐桌。

例 돈을 많이 벌게요.
do.neul/ma.ni/bo*l.ge.yo
我會多賺點錢。

例 일을 할게요.
i.reul/hal.ge.yo
我會做事。

例 열심히 공부할게요.
yo*l.sim.hi/gong.bu.hal.ge.yo
我會認真念書。

連接語尾 – 動詞＋고

밥을 먹고 TV를 봐요.
吃完飯後看電視

解析

接在動詞語幹後方，可用來列舉兩個以上的動作，表示動作的「先後順序」，通常前後兩動作較無關連。

例 세수하고 옷을 갈아입어요.
se.su.ha.go/o.seul/ga.ra.i.bo*.yo
洗完臉後換衣服。

例 돈을 벌고 새차를 샀어요.
do.neul/bo*l.go/se*.cha.reul/ssa.sso*.yo
賺錢後買新車。

例 한국어를 공부하고 한국에 가요.
han.gu.go*.reul/gong.bu.ha.go/han.gu.ge/ga.yo
學完韓語去韓國。

例 친구들하고 야구 하고 집에 갔어요.
chin.gu.deul.ha.go/ya.gu/ha.go/ji.be/ga.sso*.yo
跟朋友打完棒球後回家了。

例 아침밥을 먹고 출근하세요.
a.chim.ba.beul/mo*k.go/chul.geun.ha.se.yo
請您吃完早餐後去上班。

連接語尾 – 動詞＋아/어서

회사에 가서 회의를 해요.
去公司開會

解析

接在動詞語幹後方，表示「動作在時間上的前後順序」，前後兩個動作有極為密切的關係。動詞語幹母音為ㅏ或ㅗ時，接「아서」，動詞語幹母音不是ㅏ或ㅗ時，接「어서」。

例 시장에 가서 야채를 사요.
si.jang.e/ga.so*/ya.che*.reul/ssa.yo
去市場買蔬菜。

例 방에 들어가서 자요.
bang.e/deu.ro*.ga.so*/ja.yo
進去房間睡覺。

例 남자친구를 만나서 데이트했어요.
nam.ja.chin.gu.reul/man.na.so*/de.i.teu.he*.sso*.yo
跟男朋友見面後，一起約會。

例 재료들을 사서 요리를 했어요.
je*.ryo.deu.reul/ssa.so*/yo.ri.reul/he*.sso*.yo
買好材料後做菜。

例 소파에 앉아서 드라마를 봐요.
so.pa.e/an.ja.so*/deu.ra.ma.reul/bwa.yo
坐在沙發上看連續劇。

連接語尾 – 動詞 + (으)러

영화 보러 왔어요.
我來看電影

解析

接在動詞語幹後方，表示移動的「目的」，後方通常出現가다（去）、오다（來）等移動性動詞。動詞語幹有尾音接「으러」；動詞語幹無尾音接「러」。

例 뭘 하러 왔어요?

mwol/ha.ro*/wa.sso*.yo

你來做什麼？

例 술 마시러 술집에 가요.

sul/ma.si.ro*/sul.ji.be/ga.yo

去居酒屋喝酒。

例 엽서를 부치러 우체국에 갔어요.

yo*p.sso*.reul/bu.chi.ro*/u.che.gu.ge/ga.sso*.yo

去了郵局寄明信片。

例 교수님을 만나 뵈러 학교에 왔어요.

gyo.su.ni.meul/man.na/bwe.ro*/hak.gyo.e/wa.sso*.yo

我來學校見教授。

例 엄마 밥 먹으러 고향에 내려갔어요.

o*m.ma/bap/mo*.geu.ro*/go.hyang.e/ne*.ryo*.ga.
sso*.yo

我回故鄉吃媽媽煮的飯。

6

生活篇

句型 – 動詞 + 아/어 보다

이거 드셔 보세요.
請吃看看這個

解析

接在動詞語幹後方，表示嘗試去做看看某一行為。動詞語幹母音為ㅏ或ㅗ時，接「아 보다」，動詞語幹母音不是ㅏ或ㅗ時，接「어 보다」。

例 이 소설책이 재미있어요. 한 번 읽어 보세요.

i/so.so*l.che*.gi/je*.mi.i.sso*.yo./han/bo*n/il.go*/
bo.se.yo

這本小說很有趣，看一下吧。

例 떡볶이가 맛있어요. 한 번 먹어 봐요.

do*k.bo.gi.ga/ma.si.sso*.yo//han/bo*n/mo*.go*/
bwa.yo

辣炒年糕好吃，吃看看吧。

例 손님이 기다리고 있어요. 나가 보세요.

son.ni.mi/gi.da.ri.go/i.sso*.yo//na.ga/bo.se.yo

客人在等，出去看看吧。

例 그분이 형을 찾으세요. 한 번 전화해 봐요.

geu.bu.ni/hyo*.ng.eul/cha.jeu.se.yo//han/bo*n/jo*n.
hwa.he*/bwa.yo

他要找哥哥你，打電話過去吧。

助詞 – 地點名詞＋에서

난 한국에서 여기까지 왔다.
我從韓國來到了這裡

解析

에서為助詞，接在地點名詞後方，表示空間上的出發點。부터為助詞，接在時間名詞後方，表示時間上的出發點。까지為助詞，接在表示地點、時間的名詞後方，表示空間或時間上的終點。「～에서～까지」表示某段距離的範圍，「～부터～까지」表示某段時間的範圍。

例 집에서 학교까지 멀어요.
ji.be.so*/hak.gyo.ga.ji/mo*.ro*.yo
家裡離學校很遠。

例 오후부터 저녁까지 공부를 해요.
o.hu.bu.to*/jo*.nyo*k.ga.ji/gong.bu.reul/he*.yo
下午到傍晚這段時間在念書。

例 사무실에서 일곱 시에 나왔어요.
sa.mu.si.re.so*/il.gop/si.e/na.wa.sso*.yo
我七點離開辦公室。

例 인천공항에서 몇 시에 출발할 거예요?
in.cho*n.gong.hang.e.so*/myo*t/si.e/chul.bal.hal/
go*.ye.yo
幾點從仁川機場出發？

6

實用會話 – 問候

인사
問候

例 안녕하세요.

an.nyo*ng.ha.se.yo

你好。

例 여기에 오신 걸 환영합니다.

yo*.gi.e/o.sin/go*l/hwa.nyo*ng.ham.ni.da

歡迎您來到這裡。

例 반가워. 장리진이라고 해.

ban.ga.wo//jang.ni.ji.ni.ra.go/he*

很高興見到你，我叫張利珍。

例 우리 동생 잘 부탁 드립니다. 수고하세요.

u.ri/dong.se*ng/jal/bu.tak/deu.rim.ni.da//su.go.ha.
se.yo

請多多關照我妹妹，辛苦了。

例 이렇게 만나 뵙게 되니 정말 반갑네요.

i.ro*.ke/man.na/bwep.ge/dwe.ni/jo*ng.mal/ban.
gam.ne.yo

很高興能像這樣見到您。

例 그동안 무사하셨어요?

geu.dong.an/mu.sa.ha.syo*.sso*.yo

這段時間過得好嗎？

例 그동안 잘 지내셨습니까?

geu.dong.an/jal/jji.ne*.syo*t.sseum.ni.ga

這段時間過得好嗎?

例 오랜만이다. 하나도 안 변했네.

o.re*n.ma.ni.da//ha.na.do/an/byo*n.he*n.ne

好久不見,你一點也沒變呢!

例 그동안 정말 수고 많으셨습니다.

geu.dong.an/jo*ng.mal/ssu.go/ma.neu.syo*t.sseum.
ni.da

這段時間您辛苦了。

例 휴가하는 동안 잘 지냈어요?

hyu.ga.ha.neun/dong.an/jal/jji.ne*.sso*.yo

休假期間你過得好嗎?

例 요즘은 어떻게 지내요?

yo.jeu.meun/o*.do*.ke/ji.ne*.yo

最近過得怎麼樣?

例 꼭 한 번 만나 뵙고 싶었습니다.

gok/han/bo*n/man.na/bwep.go/si.po*t.sseum.ni.da

一直很希望能跟您見上一面。

例 이게 누구야? 정말 못 알아 볼 뻔했네.

i.ge/nu.gu.ya/jo*ng.mal/mot/a.ra/bol/bo*n.he*n.ne

這是誰啊?差點認不出來。

例 인사가 늦어 죄송합니다.

in.sa.ga/neu.jo*/jwe.song.ham.ni.da

抱歉我太晚來問候您。

例 저는 이번에 옆 집으로 이사온 최민숙입
니다.

jo*.neun/i.bo*.ne/yo*p/ji.beu.ro/i.sa.on/chwe.min.
su.gim.ni.da

我是這次搬到隔壁的崔民淑。

환영하다	動詞	歡迎
반갑다	形容詞	高興、喜悅
무사하다	形容詞	平安、無事
지내다	動詞	過日子
변하다	動詞	改變、變化
옆	名詞	隔壁、旁邊

初次見面

• track 181

A 처음 뵙겠습니다. 저는 작가 최민수입니다.

cho*.eum/bwep.get.sseum.ni.da//jo*.neun/jak.ga/
chwe.min.su.im.ni.da

初次見面，我是作家崔民秀。

B 작가님, 안녕하세요. 이렇게 뵙게 되니 영
광입니다.

jak.ga.nim//an.nyo*ng.ha.se.yo//i.ro*.ke/bwep.ge/
dwe.ni/yo*ng.gwang.im.ni.da

作家，您好。能這樣見到您是我的榮幸。

B 반갑습니다. 여기 앉으세요.

ban.gap.sseum.ni.da//yo*.gi/an.jeu.se.yo

很高興見到您，這邊請坐。

A 감사합니다. 편집장님.

gam.sa.ham.ni.da//pyo*n.jip.jjang.nim

謝謝，編輯長。

B 작가님이 보내 주신 원고는 다 봤습니다.

jak.ga.ni.mi/bo.ne*/ju.sin/won.go.neun/da/bwat.
sseum.ni.da

作家您寄過來的原稿我都看過了。

B 완전 재미있습니다. 분명 베스트셀러가 될
겁니다.

wan.jo*n/je*.mi.it.sseum.ni.da//bun.myo*ng/be.seu.
teu.sel.lo*.ga/dwel/go*m.ni.da

非常有趣，一定會成為暢銷書的。

A 감사합니다. 최선을 다 하겠습니다.

gam.sa.ham.ni.da//chwe.so*.neul/da.ha.get.sseum.
ni.da

謝謝，我會盡全力做得更好的。

實用會話 – 道別

> 작별
>
> **道別**

例 그럼 안녕. 내일 또 보자.
geu.ro*m/an.nyo*ng//ne*.il/do/bo.ja
拜拜，明天見。

例 다음에 또 뵙겠습니다.
da.eu.me/do/bwep.get.sseum.ni.da
下次再見。

例 안녕, 내일 또 봐.
an.nyo*ng//ne*.il/do/bwa
拜拜，明天見。

例 먼저 갈게. 이따 보자.
mo*n.jo*/gal.ge//i.da/bo.ja
我先走了，待會見。

例 잘 가. 또 만나.
jal/ga//do/man.na
拜拜，下次再見。

例 굿바이. 전화할게.
gut.ba.i//jo*n.hwa.hal.ge
估拜，我會打電話給你。

例 조심히 들어가세요.
jo.sim.hi/deu.ro*.ga.se.yo
回家小心。

例 그럼 이만 가 볼게요.
geu.ro*m/i.man/ga/bol.ge.yo
那我先離開了。

例 오늘 수고 많았어. 쉬어.
o.neul/ssu.go/ma.na.sso*///swi.o*
今天辛苦了，你休息吧。

例 폐를 끼쳐서 죄송합니다. 이만 가 보겠습
니다.
pye.reul/gi.cho*.so*/jwe.song.ham.ni.da//i.man/ga/
bo.get.sseum.ni.da
很抱歉給您添麻煩了，我先走了。

例 안녕히 가세요.
an.nyo*ng.hi/ga.se.yo
再見／慢走。

情侶道別時

• track 183

Ⓐ 채연아, 미안해.
che*.yo*.na//mi.an.he*
采妍，對不起。

Ⓐ 오빠가 급한 일 생겨서 오늘은 여기까지
만 바래다 줄게.
o.ba.ga/geu.pan/il/se*ng.gyo*.so*/o.neu.reun/yo*.
gi.ga.ji.man/ba.re*.da/jul.ge
哥哥我有急事，今天就送你到這裡了。

B 괜찮아요. 볼일 봐요.

gwe*n.cha.na.yo//bo.ril/bwa.yo

沒關係，你去忙吧。

B 고마워요. 오늘 즐거웠어요.

go.ma.wo.yo//o.neul/jjeul.go*.wo.sso*.yo

謝謝，我今天很開心。

A 그래. 조심해서 들어가. 일이 끝나면 전화 할게.

geu.re*//jo.sim.he*.so*/deu.ro*.ga//i.ri/geun.na. myo*n/jo*n.hwa.hal.ge

回家小心，我事情結束後再打電話給你。

B 알았어요. 빨리 가요.

a.ra.sso*.yo//bal.li/ga.yo

知道了，你快點去吧。

實用會話 – 邀請

> 요청
> 邀請

例 한국에서 온 친구를 대접해요.
han.gu.ge.so*/on/chin.gu.reul/de*.jo*.pe*.yo
招待從韓國過來的朋友。

例 점심 시간에 만나는데 괜찮습니까?
jo*m.sim/si.ga.ne/man.na.neun.de/gwe*n.chan.
sseum.ni.ga
中午時間見面，方便嗎？

例 이번 주 토요일 시간 돼요?
i.bo*n/ju/to.yo.il/si.gan/dwe*.yo
這周六你有時間嗎？

例 약속을 꼭 지키세요.
yak.sso.geul/gok/ji.ki.se.yo
請一定要守約。

例 밤에 기준 오빠랑 만나기로 했어요.
ba.me/gi.jun/o.ba.rang/man.na.gi.ro/he*.sso*.yo
晚上跟基俊哥約好要見面。

例 같이 갈 곳이 있는데요.
ga.chi/gal/go.si/in.neun.de.yo
我有地方想跟你一起去。

例 가족과 친구들에게 결혼식 초청장을 보냈
어요.

ga.jok.gwa/chin.gu.deu.re.ge/gyo*l.hon.sik/cho.

cho*ng.jang.eul/bo.ne*.sso*.yo

我寄了結婚邀請函給家人和朋友。

例 약속을 잊지 않고 꼭 갈게요.

yak.sso.geul/it.jji/an.ko/gok/gal.ge.yo

我不會忘記，一定會去的。

例 시간이 있어요. 갈게요.

si.ga.ni/i.sso*.yo//gal.ge.yo

我有時間，我會去。

例 장 사장님과의 미팅 약속을 잡아 주세요.

jang/sa.jang.nim.gwa.ui/mi.ting/yak.sso.geul/jja.ba/

ju.se.yo

請幫我安排一下跟張社長見面。

例 초대해 주셔서 감사합니다.

cho.de*.he*/ju.syo*.so*/gam.sa.ham.ni.da

謝謝您招待我。

例 우리 집에 놀러 와요.

u.ri/ji.be/nol.lo*/wa.yo

來我們家玩吧。

例 회사 근처에 좋은 식당이 있는데 같이 안
가실래요?

hwe.sa/geun.cho*.e/jo.eun/sik.dang.i/in.neun.de/ga.

chi/an.ga.sil.le*.yo

公司附近有不錯的餐館，要不要一起去？

例 이번 주 토요일은 비워 두세요.

i.bo*n/ju/to.yo.i.reun/bi.wo/du.se.yo

請把這周六的時間空下來。

例 그럼 그렇게 하죠. 내일 뵙겠습니다.

geu.ro*m/geu.ro*.ke/ha.jyo//ne*.il/bwep.get.sseum.
ni.da

那就那麼定了，明天見。

例 그날은 다른 약속 잡혔어요.

geu.na.reun/da.reun/yak.ssok/ja.pyo*.sso*.yo

那天我有別的安排。

例 죄송합니다. 다른 일이 있어서 갈 수 없습
니다.

jwe.song.ham.ni.da//da.reun/i.ri/i.sso*.so*/gal/ssu/
o*p.sseum.ni.da

對不起，我有別的事不能去。

拒絕別人的邀請 • track 185

Ⓐ 여보세요.

yo*.bo.se.yo

喂？

Ⓑ 지영 씨? 저는 차도현이에요.

ji.yo*ng/ssi?/jo*.neun/cha.do.hyo*.ni.e.yo

智英小姐嗎？我是車道賢。

Ⓐ 아, 네. 안녕하세요.

a//ne//an.nyo*ng.ha.se.yo

啊～是。你好。

B 내일 저녁에 우리 회사 창립파티가 있거
든요.

ne*.il/jo*.nyo*.ge/u.ri/hwe.sa/chang.nip.pa.ti.ga/it.

go*.deu.nyo

明天晚上我們公司有辦公司成立派對。

B 혹시 시간이 되시면 한 번 놀러 오실래요?

hok.ssi/si.ga.ni/dwe.si.myo*n/han/bo*n/nol.lo*/o.

sil.le*.yo

如果你有時間的話，要過來玩嗎？

A 내일 저녁이요? 죄송해요.

ne*.il/jo*.nyo*.gi.yo//jwe.song.he*.yo

明天晚上嗎？對不起。

A 전 다른 약속 있거든요. 못 갈 것 같아요.

jo*n/da.reun/yak.ssok/it.go*.deu.nyo//mot/gal/go*t/

ga.ta.yo

我有其他安排了，恐怕是不能去了。

實用會話 – 打電話

> 전화 걸기
> **打電話**

例 전화번호가 뭐예요?

jo*n.hwa.bo*n.ho.ga/mwo.ye.yo

請問你的電話號碼是什麼？

例 제 전화번호는 010-111-2222번입니다.

je/jo*n.hwa.bo*n.ho.neun/gong.il.gong.e/i.ri.ri.re/i.
i.i.i.bo*.nim.ni.da

我的電話號碼是 010-111-2222。

例 서준 씨에게 전화해 보세요.

so*.jun/ssi.e.ge/jo*n.hwa.he*/bo.se.yo

請你打電話給書俊先生。

例 지금 거신 전화는 통화 중입니다.

ji.geum/go*.sin/jo*n.hwa.neun/tong.hwa/jung.im.ni.da

您現在撥打的電話通話中。

例 스마트폰이 없는 사람은 거의 찾아보기가
어렵다.

seu.ma.teu.po.ni/o*m.neun/sa.ra.meun/go*.ui/cha.
ja.bo.gi.ga/o*.ryo*p.da

現在很難找到沒有智慧型手機的人。

例 여보세요, 오리진 씨 맞으세요?

yo*.bo.se.yo//o.ri.jin/ssi/ma.jeu.se.yo

喂，請問是吳利珍小姐沒錯嗎？

例 저 강민서인데 그쪽은 누구세요?
jo*/gang.min.so*.in.de/geu.jjo.geun/nu.gu.se.yo
我是姜敏書，您是哪位？

例 잠깐만 기다리세요. 돌려 드리겠습니다.
jam.gan.man/gi.da.ri.se.yo//dol.lyo*/deu.ri.get.
sseum.ni.da
請稍等，馬上幫您轉接電話。

例 여보세요, 거기 수현 씨 집인가요?
yo*.bo.se.yo//go*.gi/su.hyo*n/ssi/ji.bin.ga.yo
喂，請問是秀賢先生的家嗎？

例 비서실에 연결해 주시겠습니까?
bi.so*.si.re/yo*n.gyo*l.he*/ju.si.get.sseum.ni.ga
可以幫我轉接到秘書室嗎？

例 늦은 시간에 전화해서 죄송합니다.
neu.jeun/si.ga.ne/jo*n.hwa.he*.so*/jwe.song.ham.
ni.da
很抱歉這麼晚撥電話給您。

例 바쁘신데 전화 드려서 죄송합니다.
ba.beu.sin.de/jo*n.hwa/deu.ryo*.so*/jwe.song.ham.
ni.da
很抱歉您那麼忙還打電話打擾您。

例 나중에 다시 걸겠습니다.
na.jung.e/da.si/go*l.get.sseum.ni.da
我以後再撥電話過去。

例 무슨 일로 전화하셨어요?

mu.seun/il.lo/jo*n.hwa.ha.syo*.sso*.yo

您有什麼事撥電話過來呢？

打電話給他人

•track 187

A 여보세요, 거기 김 교수님 댁입니까?

yo*.bo.se.yo//go*.gi/gim/gyo.su.nim/de*.gim.ni.ga

喂，請問是金教授的家嗎？

B 네, 맞는데요.

ne//man.neun.de.yo

是的，沒錯。

A 혹시 김 교수님이 계십니까?

hok.ssi/gim/gyo.su.ni.mi/gye.sim.ni.ga

請問金教授在家嗎？

B 잠깐만 기다리세요. 교수님께 전화를 바꿀게요.

jam.gan.man/gi.da.ri.se.yo//gyo.su.nim.ge/jo*n.hwa.reul/ba.gul.ge.yo

請稍等，我把電話轉給教授。

C 전화 바꿨습니다. 교수 김도영입니다.

jo*n.hwa/ba.gwot.sseum.ni.da//gyo.su/gim.do.yo*ng.im.ni.da

電話轉換了，我教授金道榮。

A 교수님, 안녕하셨어요? 전 장혜미입니다.

gyo.su.nim//an.nyo*ng.ha.syo*.sso*.yo//jo*n/jang.hye.mi.im.ni.da

教授，您好嗎？我是張慧美。

實用會話 – 早晨

아침
早晨

例 할아버지, 안녕히 주무셨습니까?
ha.ra.bo*.ji//an.nyo*ng.hi/ju.mu.syo*t.sseum.ni.ga
爺爺，您睡得好嗎？

例 어제 잘 잤어?
o*.je/jal/jja.sso*
你昨天睡得好嗎？

例 아주 달콤한 꿈을 꾸었어.
a.ju/dal.kom.han/gu.meul/gu.o*.sso*
我做了個美夢。

例 어제 잠을 못 자서 다크서클이 생겼다.
o*.je/ja.meul/mot/ja.so*/da.keu.so*.keu.ri/se*ng.
gyo*t.da
昨天沒睡好有黑眼圈了。

例 빨리 옷을 갈아입고 아침을 먹어라.
bal.li/o.seul/ga.ra.ip.go/a.chi.meul/mo*.go*.ra
快換好衣服吃早餐吧！

例 아침을 먹읍시다.
a.chi.meul/mo*.geup.ssi.da
我們吃早餐吧。

例 준수 씨, 아침 먹었어요?

jun.su/ssi//a.chim/mo*.go*.sso*.yo

俊秀,你吃早餐了嗎?

例 할아버지, 아침은 뭐 드셨어요?

ha.ra.bo*.ji//a.chi.meun/mwo/deu.syo*.sso*.yo

爺爺,早餐您吃了什麼?

例 아침 같이 먹을까요?

a.chim/ga.chi/mo*.geul.ga.yo

要不要一起吃早餐?

例 빨리 일어나. 출근 안 해?

bal.li/i.ro*.na//chul.geun/an/he*

快點起床,你不上班嗎?

例 오늘 일찍 일어났네요.

o.neul/il.jjik/i.ro*.nan.ne.yo

你今天起得真早。

例 오늘 추워. 양말 신고 가.

o.neul/chu.wo//yang.mal/ssin.go/ga

今天很冷,穿上襪子再出門。

例 빨리 와. 아침 먹어.

bal.li/wa//a.chim/mo*.go*

快點來吃早餐。

例 엄마, 아침 잘 먹었어요. 나갈게요.

o*.m.ma//a.chim/jal/mo*.go*.sso*.yo//na.gal.ge.yo

媽,我早餐吃飽了,我出門囉!

做噩夢

Ⓐ 싫어. 난 안 가. 다가오지 마.
si.ro*//nan/an/ga//da.ga.o.ji/ma
不要，我不去，不要靠近我！

Ⓑ 야, 일어나. 빨리 일어나라고!
ya//i.ro*.na//bal.li/i.ro*.na.ra.go
喂，起床！快點起床！

Ⓑ 너 악몽 꿨니?
no*/ang.mong/gwon.ni
你做噩夢啊？

Ⓐ 응, 아주 무서운 꿈 꿨어.
eung//a.ju/mu.so*.un/gum/gwo.sso*
恩，做了很可怕的夢。

Ⓑ 무슨 꿈?
mu.seun/gum
什麼夢？

Ⓐ 어떤 살인마가 나를 지하실로 끌고 가려고.
o*.do*n/sa.rin.ma.ga/na.reul/jji.ha.sil.lo/geul.go/ga.
ryo*.go
有個殺人魔想把我拖到地下室去。

Ⓑ 넌 공포영화 너무 많이 봤어.
no*n/gong.po.yo*ng.hwa/no*.mu/ma.ni/bwa.sso*
你看太多恐怖片了。

會話會話 – 中午

점심
午餐

例 오늘 점심은 뭘 드셨어요?
o.neul/jjo*m.si.meun/mwol/deu.syo*.sso*.yo
今天午餐你吃了什麼？

例 점심 식사하러 나갑시다.
jo*m.sim/sik.ssa.ha.ro*/na.gap.ssi.da
一起出去吃午餐吧。

例 점심 시간은 언제부터예요?
jo*m.sim/si.ga.neun/o*n.je.bu.to*.ye.yo
午餐時間從什麼時候開始？

例 벌써 점심 시간이네.
bo*l.sso*/jo*m.sim/si.ga.ni.ne
已經是午餐時間了呢？

例 쉬고 합시다. 커피 한 잔 하시겠어요?
swi.go/hap.ssi.da//ko*.pi/han/jan/ha.si.ge.sso*.yo
我們休息一下再繼續吧！要不要來杯咖啡？

例 전화로 점심을 시켜 먹을까요?
jo*n.hwa.ro/jo*m.si.meul/ssi.kyo*/mo*.geul.ga.yo
我們打電話叫午餐來吃好嗎？

例 도시락 데워 드릴까요?
do.si.rak/de.wo/deu.ril.ga.yo
便當要幫您加熱嗎？

例 나 오늘 도시락을 싸 가지고 왔어요.

na/o.neul/do.si.ra.geul/ssa/ga.ji.go/wa.sso*.yo

我今天有準備便當來吃。

例 나 담배 피우러 좀 갔다올게요.

na/dam.be*/pi.u.ro*/jom/gat.da.ol.ge.yo

我去抽根菸。

生詞不用查

점심	**名詞**	午餐、中午
시키다	**動詞**	點餐、點菜
벌써	**副詞**	已經
쉬다	**動詞**	休息
도시락	**名詞**	便當
데우다	**動詞**	加熱（食物）

午餐時間

• track 191

Ⓐ 점심시간이 얼마나 되나요?

jo*m.sim.si.ga.ni/o*l.ma.na/dwe.na.yo

午餐時間有多長？

Ⓑ 점심시간은 한 시간이에요.

jo*m.sim.si.ga.neun/han/si.ga.ni.e.yo

午餐時間有一個小時。

Ⓐ 그럼 회사 식당말고 우리 나가서 먹을까요?

geu.ro*m/hwe.sa/sik.dang.mal.go/u.ri/na.ga.so*/
mo*.geul.ga.yo

那我們不要在員工餐廳吃，我們出去吃好嗎？

Ⓑ 좋아요. 뭐 먹고 싶은 거라도 있어요?

jo.a.yo//mwo/mo*k.go/si.peun/go*.ra.do/i.sso*.yo

好啊，你有什麼想吃的嗎？

Ⓐ 요새 덥잖아요. 냉면은 어떨까요?

yo.se*/do*p.jja.na.yo//ne*ng.myo*.neun/o*.do*l.ga.
yo

最近很熱不是？我們吃冷麵如何？

Ⓑ 근처에 냉면집 하나 있는데 거기로 갑시다.

geun.cho*.e/ne*ng.myo*n.jip/ha.na/in.neun.de/go*.
gi.ro/gap.ssi.da

附近有一間冷麵店，我們去那邊吃吧。

實用會話 － 傍晚

저녁
晚餐

例 저녁은 드셨나요?
jo*.nyo*.geun/deu.syo*n.na.yo
您吃過晚餐了嗎？

例 같이 저녁 먹어요.
ga.chi/jo*.nyo*k/mo*.go*.yo
一起吃晚餐吧。

例 저녁은 뭘 먹고 싶어요?
jo*.nyo*.geun/mwol/mo*k.go/si.po*.yo
你晚餐想吃什麼？

例 저녁에 뭘 먹었어요?
jo*.nyo*.ge/mwol/mo*.go*.sso*.yo
晚上你吃了什麼呢？

例 날씨가 추운데 집에 조심히 들어 가세요.
nal.ssi.ga/chu.un.de/ji.be/jo.sim.hi/deu.ro*/ga.se.yo
天氣冷，回家小心慢走。

邀請他人一同吃晚餐 • track 193

Ⓐ 민서 씨, 오늘 제시간에 퇴근할 수 있어?
min.so*/ssi//o.neul/jje.si.ga.ne/twe.geun.hal/ssu/i.sso*
敏書，你今天可以準時下班嗎？

B 네, 여섯 시반에 퇴근할 수 있어요.
ne//yo*.so*t/si.ba.ne/twe.geun.hal/ssu/i.sso*.yo
可以，我六點半可以下班。

B 남은 일들은 그렇게 많지 않아요.
na.meun/il.deu.reun/geu.ro*.ke/man.chi/a.na.yo
剩下的工作沒有很多。

A 잘 됐다. 오늘 저녁은 나랑 같이 하자.
jal/dwe*t.da//o.neul/jjo*.nyo*.geun/na.rang/ga.chi/
ha.ja
太好了，今天晚餐跟我一起吃吧。

A 오늘 같이 밥 먹는 사람이 없거든.
o.neul/ga.chi/bap/mo*ng.neun/sa.ra.mi/o*p.go*.
deun
今天沒有人陪我吃飯。

B 그럼 선배가 사 주실 거죠?
geu.ro*m/so*n.be*.ga/sa/ju.sil/go*.jyo
那是前輩要請客囉？

A 그래. 맛있는 거 사 줄게. 뭐 먹고 싶어?
geu.re*//ma.sin.neun/go*/sa/jul.ge//mwo/mo*k.go/
si.po*
好，我請妳吃好吃的，你想吃什麼？

6

生活篇

實用會話 – 晚上

밤
晚上

例 이제 잠 잘 시간이다.
i.je/jam/jal/ssi.ga.ni.da
該睡覺了。

例 오늘 피곤하셨을텐데 얼른 주무세요.
o.neul/pi.gon.ha.syo*.sseul.ten.de/o*l.leun/ju.mu.
se.yo
今天您一定累了，趕快休息吧！

例 머리를 말리고 자.
mo*.ri.reul/mal.li.go/ja
把頭髮吹乾再睡。

例 아버지가 지금 주무세요.
a.bo*.ji.ga/ji.geum/ju.mu.se.yo
爸爸在睡覺。

例 언니가 감기에 걸려서 일찍 잤어요.
o*n.ni.ga/gam.gi.e/go*l.lyo*.so*/il.jjik/ja.sso*.yo
姊姊感冒很早就睡了。

例 잘 때 코를 심하게 골아요.
jal/de*/ko.reul/ssim.ha.ge/go.ra.yo
睡覺的時候會嚴重打鼾。

例 난 지금 너무 졸려.

nan/ji.geum/no*.mu/jol.lyo*

我現在很想睡。

例 자주 야식을 먹으면 건강에 나빠요.

ja.ju/ya.si.geul/mo*.geu.myo*n/go*n.gang.e/na.ba.
yo

常吃宵夜對身體不好。

例 오늘 밤 TV프로는 뭐지?

o.neul/bam/tv.peu.ro.neun/mwo.ji

今天晚上的電視節目是什麼？

例 계속 TV 보지 말고 얼른 들어가서 자.

gye.sok/tv/bo.ji/mal.go/o*l.leun/deu.ro*.ga.so*/ja

不要一直看電視，趕快進去睡覺。

例 민지야, 엄마 좀 도와줄래?

min.ji.ya//o*m.ma/jom/do.wa.jul.le*

旼志，幫媽媽的忙好嗎？

睡前對話

• track 195

A 서준아, 배 안 고프니? 라면 먹을래?

so*.ju.na//be*/an/go.peu.ni//ra.myo*n/mo*.geul.le*

書俊，你肚子會餓嗎？要不要吃泡麵？

B 배 안 고파요.

be*/an/go.pa.yo

我不餓。

A 그럼 과일 좀 먹을래?

geu.ro*m/gwa.il/jom/mo*.geul.le*

那要不要吃點水果。

B 안 먹어요. 이제 자려고요.

an/mo*.go*.yo//i.je/ja.ryo*.go.yo

我不吃,我要睡覺了。

A 그래. 일찍 자.

geu.re*//il.jjik/ja

好,你早點睡。

A 넌 내일 중요한 시험 있잖니? 엄마가 깨워 줄까?

no*n/ne*.il/jung.yo.han/si.ho*m/it.jjan.ni//o*m.ma.ga/ge*.wo/jul.ga

你明天不是有重要的考試?要我叫你起床嗎?

B 제가 일곱 시에 안 일어나면 깨워 줘요.

je.ga/il.gop/si.e/an/i.ro*.na.myo*n/ge*.wo/jwo.yo

我七點沒起床的話,就叫我起床。

實用會話 – 運動

> 운동
> **運動**

例 나는 일주일에 한 번 수영을 해요.
na.neun/il.ju.i.re/han/bo*n/su.yo*ng.eul/he*.yo
我一周會去游一次泳。

例 운동할 때 운동복을 입어야 해요.
un.dong.hal/de*/un.dong.bo.geul/i.bo*.ya/he*.yo
運動時，一定要穿運動服。

例 저는 요가를 배우고 있습니다.
jo*.neun/yo.ga.reul/be*.u.go/it.sseum.ni.da
我在學瑜珈。

例 운동할 때 땀이 많이 났어요.
un.dong.hal/de*/da.mi/ma.ni/na.sso*.yo
運動時流了很多汗。

例 잘하는 운동 있습니까?
jal.ha.neun/un.dong/it.sseum.ni.ga
你有擅長的運動嗎？

例 저는 운동선수가 되고 싶습니다.
jo*.neun/un.dong.so*n.su.ga/dwe.go/sip.sseum.ni.
da
我想成為運動選手。

例 우리 농구 하러 갑시다.

u.ri/nong.gu/ha.ro*/gap.ssi.da

我們去打籃球吧。

例 건강을 위해 오늘부터 운동을 시작하고 싶
어요.

go*n.gang.eul/wi.he*/o.neul.bu.to*/un.dong.eul/ssi.
ja.ka.go/si.po*.yo

為了健康我想從今天開始運動。

例 다이어트 하려면 운동부터 시작해라.

da.i.o*.teu/ha.ryo*.myo*n/un.dong.bu.to*/si.ja.ke*.
ra

想減肥的話，先從運動開始吧！

例 일주일에 운동을 몇 번 하나요?

il.ju.i.re/un.dong.eul/myo*t/bo*n/ha.na.yo

你一週會運動幾次呢？

例 평소에 무슨 운동을 해요?

pyo*ng.so.e/mu.seun/un.dong.eul/he*.yo

你平時會做什麼運動？

例 내가 제일 좋아하는 운동은 조깅이에요.

ne*.ga/je.il/jo.a.ha.neun/un.dong.eun/jo.ging.i.e.yo

我最喜歡的運動是慢跑。

例 평소에 운동할 시간이 없어요.

pyo*ng.so.e/un.dong.hal/ssi.ga.ni/o*p.sso*.yo

我平時沒有時間運動。

例 야구를 잘 하신다고 들었어요.

ya.gu.reul/jjal/ha.sin.da.go/deu.ro*.sso*.yo

聽說您很會打棒球。

例 보통 주말마다 동생과 테니스를 쳐요.

bo.tong/ju.mal.ma.da/dong.se*ng.gwa/te.ni.seu.reul/

cho*.yo

通常每個週末會跟弟弟一起打網球。

수영	名詞	游泳
요가	名詞	瑜珈
땀이 나다	詞組	流汗
건강	名詞	健康
평소	名詞	平時、平日
조깅	名詞	慢跑
테니스를 치다	詞組	打網球

邀請一同去游泳

• track 197

A 계속 텔레비전 앞에 앉아 있지 말고 운동
이나 해.

gye.sok/tel.le.bi.jo*n/a.pe/an.ja/it.jji/mal.go/un.

dong.i.na/he*

不要一直坐在電視機前面，出去運動一下吧。

B 나 아침에 공원에 가서 조깅했거든.

na/a.chi.me/gong.wo.ne/ga.so*/jo.ging.he*t.go*.
deun

我早上有去公園慢跑好嗎？

A 그래? 몰랐네. 우리 내일 수영하러 가자.

geu.re*//mol.lan.ne//u.ri/ne*.il/su.yo*ng.ha.ro*/ga.
ja

是喔？我不知道。我們明天去游泳吧。

A 집 근처에 체육관이 새로 세워졌잖아.

jip/geun.cho*.e/che.yuk.gwa.ni/se*.ro/se.wo.jo*t.
jja.na

家裡附近不是有新蓋好的體育館嗎？

B 안에 수영장이 있어?

a.ne/su.yo*ng.jang.i/i.sso*

裡面有游泳池嗎？

A 있지. 수영을 가르쳐 줄게. 같이 가자.

it.jji/su.yo*ng.eul/ga.reu.cho*/jul.ge//ga.chi/ga.ja

有啊！我教你游泳，一起去吧。

B 그래. 예쁜 수영복을 사 주면 같이 가 줄게.

geu.re*//ye.beun/su.yo*ng.bo.geul/ssa/ju.myo*n/ga.
chi/ga/jul.ge

好啊，如果你買漂亮的泳衣給我，我就陪你去。

實用會話 – 業餘愛好

여가취미
業餘愛好

例 나는 인터넷 게임을 좋아해요.
na.neun/in.to*.net/ge.i.meul/jjo.a.he*.yo
我喜歡玩網路遊戲。

例 화투를 쳐 본 적이 있나요?
hwa.tu.reul/cho*/bon/jo*.gi/in.na.yo
你有打過花牌嗎?

例 나는 팝송을 즐겨 들어요.
na.neun/pap.ssong.eul/jjeul.gyo*/deu.ro*.yo
我喜歡聽流行歌曲。

例 제 취미는 쇼핑하고 요리입니다 .
je/chwi.mi.neun/syo.ping.ha.go/yo.ri.im.ni.da
我的興趣是購物和料理。

例 저는 여행이 참 좋습니다 .
jo*.neun/yo*.he*ng.i/cham/jo.sseum.ni.da
我喜歡旅行。

例 자주 친구들이랑 같이 파티를 합니다.
ja.ju/chin.gu.deu.ri.rang/ga.chi/pa.ti.reul/ham.ni.da
我經常跟朋友一起辦派對。

例 시간이 있으면 피아노를 칩니다.
si.ga.ni/i.sseu.myo*n/pi.a.no.reul/chim.ni.da
我有時間會彈鋼琴。

例 심심하면 소설책을 읽습니다.
sim.sim.ha.myo*n/so.so*l.che*.geul/ik.sseum.ni.da
我如果無聊會看小説。

例 아이들이 만화책을 즐겨 봐요.
a.i.deu.ri/man.hwa.che*.geul/jjeul.gyo*/bwa.yo
孩子們喜歡看漫畫。

例 저는 패션에 관심이 있습니다.
jo*.neun/pe*.syo*.ne/gwan.si.mi/it.sseum.ni.da
我對時裝很感興趣。

例 자신 있는 특기는 뭐예요?
ja.sin/in.neun/teuk.gi.neun/mwo.ye.yo
你最有自信的專長是什麼？

例 여행은 자주 가세요?
yo*.he*ng.eun/ja.ju/ga.se.yo
您常去旅行嗎？

例 시간 나실때 뭐 하세요?
si.gan/na.sil.de*/mwo/ha.se.yo
您有時間會做什麼？

例 사진 찍는 거 좋아합니다.
sa.jin/jjing.neun/go*/jo.a.ham.ni.da
我喜歡拍照。

例 애완동물을 기르고 있어요?
e*.wan.dong.mu.reul/gi.reu.go/i.sso*.yo
你有養寵物嗎？

화투를 치다	詞組	打花牌
팝송	名詞	流行歌曲
즐기다	動詞	熱愛、喜愛
파티를 하다	詞組	辦派對
심심하다	形容詞	無聊、很閒
특기	名詞	特技、專長
시간이 나다	詞組	有時間
애완동물	名詞	寵物

 詢問他人的興趣

• track 199

Ⓐ 뭐 하시는 거 좋아하세요?
mwo/ha.si.neun/go*/jo.a.ha.se.yo
您喜歡做什麼事？

Ⓑ 저는 피아노 치는 거 좋아해요.
jo*.neun/pi.a.no/chi.neun/go*/jo.a.he*.yo
我喜歡彈鋼琴。

Ⓐ 피아노를 칠 줄 아시는군요.
pi.a.no.reul/chil/jul/a.si.neun.gu.nyo
原來您會彈鋼琴啊！

B 네, 어렸을 때부터 피아노를 배우고 있었어요.

ne//o*.ryo*.sseul/de*.bu.to*/pi.a.no.reul/be*.u.go/i.sso*.sso*.yo

對，我從小時候就開始學鋼琴了。

A 피아노 치는 여자가 완전 매력적이에요.

pi.a.no/chi.neun/yo*.ja.ga/wan.jo*n/me*.ryo*k.jjo*.gi.e.yo

彈鋼琴的女生很有魅力。

A 피아노말고 다른 악기도 다룰 줄 아세요?

pi.a.no.mal.go/da.reun/ak.gi.do/da.rul/jul/a.se.yo

除了鋼琴您還會什麼樂器嗎？

B 바이올린도 조금 켤 수 있어요.

ba.i.ol.lin.do/jo.geum/kyo*l/su/i.sso*.yo

也會拉一點小提琴。

實用會話 – 時間

> 시간
> **時間**

例 여기 가장 추운 시기는 일월하고 이월입니다.

yo*.gi/ga.jang/chu.un/si.gi.neun/i.rwol.ha.go/i.wo.rim.ni.da

這裡最冷的時期是一月和二月。

例 삼월에는 겨울이 지나고 봄이 시작됩니다.

sa.mwo.re.neun/gyo*.u.ri/ji.na.go/bo.mi/si.jak.dwem.ni.da

三月冬天結束春天開始。

例 사월에 우리 벗꽃구경하러 갑시다.

sa.wo.re/u.ri/bo*t.got.gu.gyo*ng.ha.ro*/gap.ssi.da

四月我們去賞櫻吧。

例 오월 날씨가 더워지기 시작합니다.

o.wol/nal.ssi.ga/do*.wo.ji.gi/si.ja.kam.ni.da

五月天氣開始變熱。

例 유월은 장마철입니다.

yu.wo.reun/jang.ma.cho*.rim.ni.da

六月是梅雨季。

例 칠월에는 태풍이 많이 옵니다.

chi.rwo.re.neun/te*.pung.i/ma.ni/om.ni.da

七月有很多颱風。

例 팔월 날씨가 무척 무덥습니다.
pa.rwol/nal.ssi.ga/mu.cho*k/mu.do*p.sseum.ni.da
八月天氣很悶熱。

例 구월에 새 학기가 시작됩니다.
gu.wo.re/se*/hak.gi.ga/si.jak.dwem.ni.da
九月新學期開始。

例 시월 날씨가 서늘해지기 시작합니다.
si.wol/nal.ssi.ga/so*.neul.he*.jji.gi/si.ja.kam.ni.da
十月天氣開始變冷。

例 한국의 겨울은 십일월부터 시작됩니다.
han.gu.gui/gyo*.u.reun/si.bi.rwol.bu.to*/si.jak.
dwem.ni.da
韓國的冬天從十一月開始。

例 십이월에는 크리스마스와 연휴가 있습니다.
si.bi.wo.re.neun/keu.ri.seu.ma.seu.wa/yo*n.hyu.ga/
it.sseum.ni.da
十二月有聖誕節和連假。

例 제 생일은 시월 십육일입니다.
je/se*ng.i.reun/si.wol/si.byu.gi.rim.ni.da
我的生日是十月十六號。

例 저는 매일 자기 전에 일기를 써요.
jo*.neun/me*.il/ja.gi/jo*.ne/il.gi.reul/sso*.yo
我每天睡前會寫日記。

例 나는 일주일에 한 번 교회에 가요.
na.neun/il.ju.i.re/han/bo*n/gyo.hwe.e/ga.yo
我一周去一次教會。

例 이번 주 월요일에 친구를 만나요.
i.bo*n/ju/wo.ryo.i.re/chin.gu.reul/man.na.yo
這星期一見朋友。

例 화요일에 학원에 갑니다.
hwa.yo.i.re/ha.gwo.ne/gam.ni.da
星期二去補習班。

例 수요일에 미국으로 출장을 가요.
su.yo.i.re/mi.gu.geu.ro/chul.jang.eul/ga.yo
星期三去美國出差。

例 목요일에 할아버지를 모시고 병원에 가요.
mo.gyo.i.re/ha.ra.bo*.ji.reul/mo.si.go/byo*ng.wo.
ne/ga.yo
星期四帶爺爺去醫院。

例 금요일 저녁에 동료들이랑 회식을 해요.
geu.myo.il/jo*.nyo*.ge/dong.nyo.deu.ri.rang/hwe.si.
geul/he*.yo
星期五晚上跟同事們聚餐。

例 토요일에 해수욕장에 놀러 갑니다.
to.yo.i.re/he*.su.yok.jjang.e/nol.lo*/gam.ni.da
星期六去海水域場玩。

例 일요일에 가족들과 같이 식사를 합니다.
i.ryo.i.re/ga.jok.deul.gwa/ga.chi/sik.ssa.reul/ham.ni.
da
星期天跟家人們一起吃飯。

例 오늘이 무슨 요일이에요?

o.neu.ri/mu.seun/yo.i.ri.e.yo

今天星期幾？

例 오늘은 토요일이에요.

o.neu.reun/to.yo.i.ri.e.yo

今天星期六。

例 오늘이 며칠이에요?

o.neu.ri/myo*.chi.ri.e.yo

今天幾月幾號？

例 오늘은 팔월 삼십일일이에요.

o.neu.reun/pa.rwol/sam.si.bi.ri.ri.e.yo

今天八月三十一號。

例 지금 몇 시예요?

ji.geum/myo*t/si.ye.yo

現在幾點？

例 지금 오후 네 시 십칠분이에요.

ji.geum/o.hu/ne/si/sip.chil.bu.ni.e.yo

現在下午四點十七分。

例 지금 아침 일곱 시반입니다.

ji.geum/a.chim/il.gop/si.ba.nim.ni.da

現在早上七點半。

例 지금 밤 열 시 사십오분이에요.

ji.geum/bam/yo*l/si/sa.si.bo.bu.ni.e.yo

現在晚上十點四十五分。

詢問日期

Ⓐ 년 일본에 갈 거라고 들었는데 언제 가?

no*n/il.bo.ne/gal/go*.ra.go/deu.ro*n.neun.de/o*n.je/ga

聽說你要去日本，哪時候去？

Ⓑ 다음 달에 가.

da.eum/da.re/ga

下個月去。

Ⓐ 그 날이 며칠이야?

geu/na.ri/myo*.chi.ri.ya

那天是幾月幾號。

Ⓑ 구월 십일일이야.

gu.wol/si.bi.ri.ri.ya

九月十一號。

Ⓐ 아침 비행기야?

a.chim/bi.he*ng.gi.ya

早上的飛機嗎？

Ⓑ 아니. 저녁 6시 비행기야.

a.ni//jo*.nyo*k/yo*.so*t.ssi/bi.he*ng.gi.ya

不是，是晚上六點的飛機。

Ⓐ 그래? 내가 공항까지 데려다 줄게.

geu.re*//ne*.ga/gong.hang.ga.ji/de.ryo*.da/jul.ge

是嗎？我送你到機場。

6

生活篇

實用會話 – 學校

학교
學校

例 저는 중학교를 다니고 있습니다.
jo*.neun/jung.hak.gyo.reul/da.ni.go/it.sseum.ni.da
我就讀國中。

例 나는 고등학생 삼학년이야.
na.neun/go.deung.hak.sse*ng/sam.hang.nyo*.ni.ya
我是高中三年級。

例 학생은 열심히 수업을 들어야 합니다.
hak.sse*ng.eun/yo*l.sim.hi/su.o*.beul/deu.ro*.ya/
ham.ni.da
學生應該認真上課。

例 그 모범생이 언제나 열심히 공부하고 있
어요.
geu/mo.bo*m.se*ng.i/o*n.je.na/yo*l.sim.hi/gong.
bu.ha.go/i.sso*.yo
那個模範生總是很認真學習。

例 학생들이 교실에서 떠들고 있다.
hak.sse*ng.deu.ri/gyo.si.re.so*/do*.deul.go/it.da
學生們在教室吵鬧。

例 복도에서 뛰지 마.
bok.do.e.so*/dwi.ji/ma
不要在走廊奔跑。

例 대학을 졸업하면 뭐 할 거예요?

de*.ha.geul/jjo.ro*.pa.myo*n/mwo/hal/go*.ye.yo

大學畢業後你要做什麼？

例 지금은 자습 시간입니다.

ji.geu.meun/ja.seup/si.ga.nim.ni.da

現在是自習時間。

例 학교에 가면 많은 지식을 배울 수 있어요.

hak.gyo.e/ga.myo*n/ma.neun/ji.si.geul/be*.ul/su/i.sso*.yo

去學校可以學到很多知識。

例 종소리가 울렸어. 빨리 교실에 돌아가자.

jong.so.ri.ga/ul.lyo*.sso*//bal.li/gyo.si.re/do.ra.ga.ja

鐘聲響了，我們快回教室吧。

例 저는 기타 동아리에 들었습니다.

jo*.neun/gi.ta/dong.a.ri.e/deu.ro*t.sseum.ni.da

我進了吉他社。

例 수업이 아침 9시에 시작됩니다.

su.o*.bi/a.chim/a.hop.ssi.e/si.jak.dwem.ni.da

課從上午九點開始。

例 부모님이 제 졸업식에 참석하실 수 없습니다.

bu.mo.ni.mi/je/jo.ro*p.ssi.ge/cham.so*.ka.sil/su/o*p.sseum.ni.da

我爸媽無法參加我的畢業典禮。

例 성적이 우수해서 장학금을 신청할 수 있
습니다.

so*ng.jo*.gi/u.su.he*.so*/jang.hak.geu.meul/ssin.

cho*ng.hal/ssu/it.sseum.ni.da

因為成績優秀，可以申請獎學金。

例 저는 이번 신입생입니다. 잘 부탁드립니다.

jo*.neun/i.bo*n/si.nip.sse*ng.im.ni.da//jal/bu.tak.

deu.rim.ni.da

我是這次的新生，請多多指教。

例 대학 등록금이 비싸서 아르바이트를 하려
고 해요.

de*.hak/deung.nok.geu.mi/bi.ssa.so*/a.reu.ba.i.teu.

reul/ha.ryo*.go/he*.yo

大學學費很貴，所以我想打工。

例 자주 학교를 땡땡이치면 엄마가 나를 가
만 안 둘 거예요.

ja.ju/hak.gyo.reul/de*ng.de*ng.i.chi.myo*n/o*m.

ma.ga/na.reul/ga.man/an/dul/go*.ye.yo

常翹課的話，我媽不會放過我。

例 이번 학기 수업은 언제 시작해요?

i.bo*n/hak.gi/su.o*.beun/o*n.je/si.ja.ke*.yo

這學期的課從什麼時候開始？

例 난 어제 쉬었는데 노트 좀 보여 줄래?

nan/o*.je/swi.o*n.neun.de/no.teu/jom/bo.yo*/jul.le*

我昨天沒來上課，可以借我看筆記嗎？

例 질문 5 답이 뭐였어요?

jil.mu.no/da.bi/mwo.yo*.sso*.yo

第五題的答案是什麼？

例 선생님, 죄송합니다. 숙제 깜빡했습니다.

so*n.se*ng.nim//jwe.song.ham.ni.da//suk.jje/gam.
ba.ke*t.sseum.ni.da

老師對不起，我忘記寫作業了。

수업을 듣다	詞組	聽課
떠들다	動詞	喧嘩、吵鬧
졸업하다	動詞	畢業
동아리	名詞	社團
참석하다	動詞	出席、參加
우수하다	形容詞	優秀
땡땡이치다	動詞	翹課

談論學校

• track 203

A 서준아, 이 시간엔 왜 집에 있어? 학교는 다 끝난 거야?

so*.ju.na//i/si.ga.nen/we*/ji.be/i.sso*//hak.gyo.
neun/da/geun.nan/go*.ya

書俊啊，這個時間你怎麼在家？學校都結束了嗎？

B 난 오늘 학교에 안 갔어.

nan/o.neul/hak.gyo.e/an/ga.sso*

我今天沒去學校。

A 왜? 어디 아파?

we*//o*.di/a.pa

為什麼？你生病了嗎？

B 그냥 학교가 싫어. 학교생활은 재미없잖아.

geu.nyang/hak.gyo.ga/si.ro*//hak.gyo.se*ng.hwa.
reun/je*.mi.o*p.jja.na

我只是討厭學校，學校生活很無聊！

A 아무리 재미없어도 넌 학생이니까 학교에
가야 지.

a.mu.ri/je*.mi.o*p.sso*.do/no*n/hak.sse*ng.i.ni.ga/
hak.gyo.e/ga.ya/ji

再怎麼無聊，你是學生當然要去上學。

A 그리고 학교는 공부만 하는 곳이 아니라
많은 친구들도 사귀는 곳이잖아.

geu.ri.go/hak.gyo.neun/gong.bu.man/ha.neun/go.si/a.
ni.ra/ma.neun/chin.gu.deul.do/sa.gwi.neun/go.si.ja.na

而且學校不只是念書的地方，也是教很多朋友的地
方。

實用會話 – 職場

직장
職場

例 그 사람은 돈을 벌러 미국까지 갔어요.

geu/sa.ra.meun/do.neul/bo*l.lo*/mi.guk.ga.ji/ga.sso*.yo

那個人為了賺錢去了美國。

例 이번에 연말 상여금을 많이 받아서 기뻤어요.

i.bo*.ne/yo*n.mal/ssang.yo*.geu.meul/ma.ni/ba.da.so*/gi.bo*.sso*.yo

這次拿到很多年終獎金很開心。

例 직장은 집에서 멀지만 교통 수당을 받을 수 있어요.

jik.jjang.eun/ji.be.so*/mo*l.ji.man/gyo.tong/su.dang.eul/ba.deul/ssu/i.sso*.yo

職場雖然離家遠，但是可以領取交通津貼。

例 좋은 일자리를 찾았어요. 선배 덕분이에요.

jo.eun/il.ja.ri.reul/cha.ja.sso*.yo*/so*n.be*/do*k.bu.ni.e.yo

找到好工作了，都是託前輩您的福氣。

例 난 정식 직원으로 승진했어요.

nan/jo*ng.sik/ji.gwo.neu.ro/seung.jin.he*.sso*.yo

我昇為正式員工了。

例 큰 실수를 해서 사직서를 냈다.

keun/sil.su.reul/he*.so*/sa.jik.sso*.reul/ne*t.da

因為犯了大錯，所以遞了辭呈。

例 아버지가 회사에 짤려서 많이 속상해 하세요.

a.bo*.ji.ga/hwe.sa.e/jjal.lyo*.so*/ma.ni/sok.ssang.he*/ha.se.yo

爸爸因為被公司裁員，所以很難過。

例 저는 가구매장에 근무하고 있습니다.

jo*.neun/ga.gu.me*.jang.e/geun.mu.ha.go/it.sseum.ni.da

我在家具賣場上班。

例 저는 프리랜서입니다.

jo*.neun/peu.ri.re*n.so*.im.ni.da

我是自由業。

例 작은 커피숍을 하고 있습니다.

ja.geun/ko*.pi.syo.beul/ha.go/it.sseum.ni.da

我經營一家小咖啡廳。

例 저는 은행에서 일하고 있습니다.

jo*.neun/eun.he*ng.e.so*/il.ha.go/it.sseum.ni.da

我在銀行上班。

例 저는 작년에 정년퇴직을 했습니다.

jo*.neun/jang.nyo*.ne/jo*ng.nyo*n.twe.ji.geul/he*t.sseum.ni.da

我去年退休了。

例 다음 주는 잔업을 해야 합니다.

da.eum/ju.neun/ja.no*.beul/he*.ya/ham.ni.da

下周要加班。

例 어제 잔업으로 밤을 샜습니다.

o*.je/ja.no*.beu.ro/ba.meul/sse*t.sseum.ni.da

昨天因為加班熬夜了。

例 다음 주에 유급휴가를 받고 싶습니다.

da.eum/ju.e/yu.geu.pyu.ga.reul/bat.go/sip.sseum.ni.da

下周我想請帶薪假。

例 직장이 집에서 멀어서 지하철을 타고 다녀요.

jik.jjang.i/ji.be.so*/mo*.ro*.so*/ji.ha.cho*.reul/ta.go/da.nyo*.yo

因為職場離家很遠，所以我都搭地鐵去上班。

例 보통 오토바이를 타고 출근합니다.

bo.tong/o.to.ba.i.reul/ta.go/chul.geun.ham.ni.da

我一般都騎機車上班。

例 어제 회의에 결석해서 정말 죄송합니다.

o*.je/hwe.ui.e/gyo*l.so*.ke*.so*/jo*ng.mal/jjwe.song.ham.ni.da

真的很抱歉我缺席了昨天的會議。

例 감기에 걸려서 이틀정도 쉬겠습니다.

gam.gi.e/go*l.lyo*.so*/i.teul.jjo*ng.do/swi.get.sseum.ni.da

因為感冒了，我要請兩天假。

例 너무 바빠서 점심은 커피만 마셨습니다.

no*.mu/ba.ba.so*/jo*m.si.meun/ko*.pi.man/ma.syo*t.sseum.ni.da

太忙了，午餐只喝了咖啡。

例 올해 보너스가 너무 기대되네요.

ol.he*/bo.no*.seu.ga/no*.mu/gi.de*.dwe.ne.yo

好期待今年的獎金喔！

돈을 벌다	詞組	賺錢
수당	名詞	津貼
승진하다	動詞	升職、晉升
사직서를 내다	詞組	遞辭呈
정년퇴직	名詞	退休
잔업	名詞	加班
유급휴가	名詞	帶薪假
보너스	名詞	獎金

談論薪資

• track 205

Ⓐ 무슨 생각을 하고 있는 거야? 몇 번이나 불렀잖아.

mu.seun/se*ng.ga.geul/ha.go/in.neun/go*.ya//myo*t/bo*.ni.na/bul.lo*t.jja.na

你在想什麼啊？我叫了你好幾次了。

B 아, 미안. 무슨 일이야?

a//mi.an//mu.seun/i.ri.ya

啊～抱歉，有什麼事？

A 아니, 넌 요즘 이상해. 무슨 고민이라도 있어?

a.ni//no*n/yo.jeum/i.sang.he*//mu.seun/go.mi.ni.ra.do/i.sso*

你最近很奇怪，有什麼煩惱嗎？

B 사실 나 이제 회사를 그만두고 싶어.

sa.sil/na/i.je/hwe.sa.reul/geu.man.du.go/si.po*

其實我想辭職。

B 5년이나 일했는데 임금이 계속 안 올라가서 고민이야.

o.nyo*.ni.na/il.he*n.neun.de/im.geu.mi/gye.sok/an/ol.la.ga.so*/go.mi.ni.ya

工作了五年薪資一直不漲，讓我很煩惱。

A 그래서 지금 다른 직장을 알아보고 있는 중이야?

geu.re*.so*/ji.geum/da.reun/jik.jjang.eul/a.ra.bo.go/in.neun/jung.i.ya

所以你現在在打聽其他工作嗎？

B 응, 난 집을 사고 싶거든. 현재 연봉은 너무 모자라.

eung//nan/ji.beul/ssa.go/sip.go*.deun//hyo*n.je*/yo*n.bong.eun/no*.mu/mo.ja.ra

恩，我想買房子，現在的年薪非常不夠。

實用會話 - 在市場

시장에서
在市場

例 꽃게 한 근에 얼마예요?
got.ge/han/geu.ne/o*l.ma.ye.yo
花蟹一斤多少錢?

例 이 고기를 저울에 달아 보세요.
i/go.gi/reul/jjo*.u.re/da.ra/bo.se.yo
這塊肉放在秤子上秤一下。

例 시장에는 여러가지 야채들이 가득합니다.
si.jang.e.neun/yo*.ro*.ga.ji/ya.che*.deu.ri/ga.deu.
kam.ni.da
市場有各種蔬菜。

例 집 가는 길에 과일을 샀어요.
jip/ga.neun/gi.re/gwa.i.reul/ssa.sso*.yo
回家的路上買了水果。

例 포도 한 봉지에 얼마예요?
po.do/han/bong.ji.e/o*l.ma.ye.yo
葡萄一包多少錢?

例 야채를 사고 싶은데 배추가 있어요?
ya.che*.reul/ssa.go/si.peun.de/be*.chu.ga/i.sso*.yo
我想買蔬菜,有白菜嗎?

例 생선은 세 토막으로 잘라 주세요.
se*ng.so*.neun/se/to.ma.geu.ro/jal.la/ju.se.yo
請幫我把魚切成三塊。

例 여기는 무슨 과일들이 있습니까?
yo*.gi.neun/mu.seun/gwa.il.deu.ri/it.sseum.ni.ga
這裡有什麼水果呢？

例 돼지고기는 신선합니까?
dwe*.ji.go.gi.neun/sin.so*n.ham.ni.ga
豬肉新鮮嗎？

例 이 사과는 답니까?
i/sa.gwa.neun/dam.ni.ga
這顆蘋果甜嗎？

例 여기 양고기도 팝니까?
yo*.gi/yang.go.gi.do/pam.ni.ga
這裡也有賣羊肉嗎？

在市場買水果

• track 207

Ⓐ 아주머님, 딸기 얼마예요?
a.ju.mo*.nim//dal.gi/o*l.ma.ye.yo
阿姨，草莓多少錢？

Ⓑ 한 박스에 칠천원이에요.
han/bak.sseu.e/chil.cho*.nwo.ni.e.yo
一盒七千韓圜。

Ⓐ 귤은 얼마예요?
gyu.reun/o*l.ma.ye.yo
橘子多少錢？

B 여덟 개에 삼천원이에요.

yo*.do*l/ge*.e/sam.cho*.nwo.ni.e.yo

八個三千韓圜。

A 사과는 달아요?

sa.gwa.neun/da.ra.yo

蘋果甜嗎？

B 달죠. 사과 세 개에 천오백원이에요.

dal.jjyo//sa.gwa/se/ge*.e/cho*.no.be*.gwo.ni.e.yo

很甜，蘋果三顆一千五百圜。

A 그럼 딸기 한 박스하고 사과 세 개 주세요.

geu.ro*m/dal.gi/han/bak.sseu.ha.go/sa.gwa/se/ge*/
ju.se.yo

那給我一盒草莓和三顆蘋果。

實用會話 – 在百貨公司

백화점에서
在百貨公司

例 저 치마는 너무 예쁘지 않냐?
jo*/chi.ma.neun/no*.mu/ye.beu.ji/an.nya
那件裙子很好看，你不覺得嗎？

例 좋은 구두 좀 추천해 주세요.
jo.eun/gu.du/jom/chu.cho*n.he*/ju.se.yo
請推薦好看的皮鞋給我。

例 아까 봤던 귀걸이도 너무 예뻐요.
a.ga/bwat.do*n/gwi.go*.ri.do/no*.mu/ye.bo*.yo
剛才看到的耳環也很美。

例 현금이 모자라서 카드로 계산할게요.
hyo*n.geu.mi/mo.ja.ra.so*/ka.deu.ro/gye.san.hal.ge.yo
現金不夠，我刷卡。

例 아주머니, 이거 얼마예요?
a.ju.mo*.ni//i.go*/o*l.ma.ye.yo
阿姨，這個多少錢？

例 이 모자 가격이 어떻게 돼요?
i/mo.ja/ga.gyo*.gi/o*.do*.ke/dwe*.yo
這頂帽子多少錢？

例 화장품 샘플은 주실 수 있어요?
hwa.jang.pum/se*m.peu.reun/ju.sil/su/i.sso*.yo
您可以給我化妝品試用包嗎？

例 이렇게 많이 샀는데 증정품이 없어요?
i.ro*.ke/ma.ni/san.neun.de/jeung.jo*ng.pu.mi/o*p.
sso*.yo
我買這麼多，沒有贈品嗎？

例 요즘 잘 팔리는 것들이 뭐가 있어요?
yo.jeum/jal/pal.li.neun/go*t.deu.ri/mwo.ga/i.sso*.yo
最近賣得很好的有哪些？

例 요즘 이런 스타일이 유행입니다.
yo.jeum/i.ro*n/seu.ta.i.ri/yu.he*ng.im.ni.da
最近這種款式很流行。

例 짧은 바지를 사려고 해요.
jjal.beun/ba.ji.reul/ssa.ryo*.go/he*.yo
我想買短褲。

例 그거 좀 보여 주시겠어요?
geu.go*/jom/bo.yo*/ju.si.ge.sso*.yo
可以給我看看那個嗎？

例 아동복 매장은 어디예요?
a.dong.bok/me*.jang.eun/o*.di.ye.yo
童裝賣場在哪裡？

例 이 상품권은 쓸 수 있습니까?
i/sang.pum.gwo.neun/sseul/ssu/it.sseum.ni.ga
這張商品卷可以用嗎？

例 이것은 무엇으로 돼 있습니까?
i.go*.seun/mu.o*.seu.ro/dwe*/it.sseum.ni.ga
這是用什麼製成的？

例 제일 싼 것은 어느 거예요?
je.il/ssan/go*.seun/o*.neu/go*.ye.yo
最便宜的是哪一個？

例 이거 라지 사이즈는 없습니다.
i.go*/ra.ji/sa.i.jeu.neun/o*p.sseum.ni.da
這個沒有大號的尺寸。

例 계산기 좀 빌려 주세요.
gye.san.gi/jom/bil.lyo*/ju.se.yo
請借我計算機。

例 더 할인해 주시면 살게요.
do*/ha.rin.he*/ju.si.myo*n/sal.ge.yo
再打折一點給我，我就會買。

例 제가 입기엔 너무 헐렁한 거 아니에요?
je.ga/ip.gi.en/no*.mu/ho*l.lo*ng.han/go*/a.ni.e.yo
我穿起來是不是太寬鬆了？

例 7일 내에 교환이 가능합니다.
chi.ril/ne*.e/gyo.hwa.ni/ga.neung.ham.ni.da
七日內可以換貨。

例 이 옷은 제게 너무 작아서 그러는데 바꿔
주세요.
i/o.seun/je.ge/no*.mu/ja.ga.so*/geu.ro*.neun.de/ba.
gwo/ju.se.yo
這件衣服太小了，請幫我更換。

例 영수증이 없으면 교환해 드릴 수가 없습니다.

yo*ng.su.jeung.i/o*p.sseu.myo*n/gyo.hwan.he*/deu.ril/su.ga/o*p.sseum.ni.da

沒有收據的話，無法幫您做更換。

例 제게 어울리지 않으면 교환이나 환불이 가능합니까?

je.ge/o*.ul.li.ji/a.neu.myo*n/gyo.hwa.ni.na/hwan.bu.ri/ga.neung.ham.ni.ga

如果不適合我的話，可以換貨或退貨嗎？

例 계산대가 어디에 있습니까?

gye.san.de*.ga/o*.di.e/it.sseum.ni.ga

請問結帳台在哪裡？

例 선물용으로 포장해 주실래요?

so*n.mu.ryong.eu.ro/po.jang.he*/ju.sil.le*.yo

可以幫我包裝成禮物嗎？

例 금액이 틀린 것 같습니다.

geu.me*.gi/teul.lin/go*t/gat.sseum.ni.da

金額好像有誤。

추천하다	動詞	推薦
모자라다	動詞	不足、不夠
샘플	名詞	試用包、樣品

증정품	**名詞**	贈品
할인하다	**動詞**	打折、折扣
헐렁하다	**形容詞**	寬鬆、寬大
어울리다	**動詞**	適合、般配
틀리다	**動詞**	錯誤、有誤

 挑選手錶

• track 209

A 손님, 한 번 골라 보세요. 예쁜 시계들이 많아요.

son.nim//han/bo*n/gol.la/bo.se.yo//ye.beun/si.gye.deu.ri/ma.na.yo

客人，挑挑看吧。這裡有很多好看的錶。

B 진열창에 있는 그 손목시계 좀 볼 수 있어요?

ji.nyo*l.chang.e/in.neun/geu/son.mok.ssi.gye/jom/bol/su/i.sso*.yo

我可以看看展示櫃裡的那支手錶嗎？

A 여기 있습니다.

yo*.gi/it.sseum.ni.da

在這裡。

B 한 번 착용해 봐도 되겠습니까?

han/bo*n/cha.gyong.he*/bwa.do/dwe.get.sseum.ni.ga

我可以試戴看看嗎？

A 물론입니다. 착용해 보세요.

mul.lo.nim.ni.da//cha.gyong.he*/bo.se.yo

當然可以，請試戴。

B 저한테 잘 어울릴 것 같네요.

jo*.han.te/jal/o*.ul.lil/go*t/gan.ne.yo

好像很適合我。

A 지금은 세일을 해서 반값으로 사실 수 있습니다.

ji.geu.meun/se.i.reul/he*.so*/ban.gap.sseu.ro/sa.sil/su/it.sseum.ni.da

現在在打折，您可以用半價買到。

實用會話 – 在餐館

식당에서
在餐館

例 우리 맛있는 거 먹으러 가자.

u.ri/ma.sin.neun/go*/mo*.geu.ro*/ga.ja

我們去吃好吃的吧。

例 나는 이 집의 단골이야.

na.neun/i/ji.bui/dan.go.ri.ya

我是這家店的常客。

例 우리 학교 식당은 매우 싸고 맛있어요.

u.ri/hak.gyo/sik.dang.eun/me*.u/ssa.go/ma.si.sso*.yo

我們學校的餐館便宜又好吃。

例 메뉴를 한 번 보시죠.

me.nyu.reul/han/bo*n/bo.si.jyo

請看看菜單。

例 계산서를 주세요. 제가 계산할게요.

gye.san.so*.reul/jju.se.yo/je.ga/gye.san.hal.ge.yo

請給我帳單，我來付錢。

例 어제 불고기집에 가서 삼겹살을 시켰어요.

o*.je/bul.go.gi.ji.be/ga.so*/sam.gyo*p.ssa.reul/ssi.kyo*.sso*.yo

昨天去了烤肉店點了五花肉。

例 저기요, 여기 삼겹살 일인분 더 추가해 주
세요.

jo*.gi.yo//yo*.gi/sam.gyo*p.ssal/i.rin.bun/do*/chu.
ga.he*/ju.se.yo

服務生，這裡要加點一份五花肉。

例 이 집의 요리는 정말 맛있네요.

i/ji.bui/yo.ri.neun/jo*ng.mal/ma.sin.ne.yo

這家店的料理真好吃呢！

例 우리 얼른 먹자. 음식이 차가워져.

u.ri/o*l.leun/mo*k.jja//eum.si.gi/cha.ga.wo.jo*

我們趕快吃吧！菜要冷了。

例 뜨거우니까 천천히 먹어.

deu.go*.u.ni.ga/cho*n.cho*n.hi/mo*.go*

很燙，慢慢吃。

例 이 고기는 왜 이렇게 질겨요?

i/go.gi.neun/we*/i.ro*.ke/jil.gyo*.yo

這個肉為什麼這麼硬？

例 국이 싱거우면 소금 조금 넣어요.

gu.gi/sing.go*.u.myo*n/so.geum/jo.geum/no*.o*.yo

湯味道淡的話就加一點鹽。

例 이 설렁탕집은 언제 와도 붐비네요.

i/so*l.lo*ng.tang.ji.beun/o*n.je/wa.do/bum.bi.ne.yo

這間雪濃湯店不管什麼時候來人都很多呢！

例 저기요, 재떨이가 필요합니다.

jo*.gi.yo//je*.do*.ri.ga/pi.ryo.ham.ni.da

服務生，我需要菸灰缸。

例 이것은 무슨 요리입니까?
i.go*.seun/mu.seun/yo.ri.im.ni.ga
這是什麼料理？

例 저분이 먹고 있는 게 뭐예요?
jo*.bu.ni/mo*k.go/in.neun/ge/mwo.ye.yo
那個人正在吃的是什麼？

例 여기 참치두부찌개 하나 주세요.
yo*.gi/cham.chi.du.bu.jji.ge*/ha.na/ju.se.yo
這裡要一份鮪魚豆腐鍋。

例 고추 넣지 말아 주세요.
go.chu/no*.chi/ma.ra/ju.se.yo
請不要加辣椒。

例 감자탕 대짜로 주세요.
gam.ja.tang/de*.jja.ro/ju.se.yo
請給我大份的馬鈴薯豬骨湯。

例 김치찌개 나왔습니다. 맛있게 드세요.
gim.chi.jji.ge*/na.wat.sseum.ni.da//ma.sit.ge/deu.se.yo
泡菜鍋來了，請慢用。

例 저기요, 삼겹살 좀 잘라 주시겠어요?
jo*.gi.yo//sam.gyo*p.ssal/jjom/jal.la/ju.si.ge.sso*.yo
服務生，可以幫我剪五花肉嗎？

例 남은 요리를 가져가도 되나요?
na.meun/yo.ri.reul/ga.jo*.ga.do/dwe.na.yo
剩下的料理我可以帶走嗎？

例 남은 음식을 싸 주세요.

na.meun/eum.si.geul/ssa/ju.se.yo

剩下的食物請幫我打包。

例 40 분 기다렸는데 제가 주문한 요리는 아
직 안 나왔어요.

sa.sip.bun/gi.da.ryo*n.neun.de/je.ga/ju.mun.han/yo.
ri.neun/a.jik/an/na.wa.sso*.yo

我等了 40 分鐘，但我點的菜還沒送來。

例 저기요, 이건 안 시켰는데요.

jo*.gi.yo//i.go*n/an/si.kyo*n.neun.de.yo

服務生，我沒有點這個。

例 맛있는데 조금 짜네요.

ma.sin.neun.de/jo.geum/jja.ne.yo

很好吃，但是有點鹹。

例 맛있게 먹었어요. 얼마예요?

ma.sit.ge/mo*.go*.sso*.yo//o*l.ma.ye.yo

很美味，多少錢呢？

계산서	**名詞**	帳單
계산하다	**動詞**	結帳、計算
추가하다	**動詞**	追加、補充
뜨겁다	**形容詞**	燙、熱情
질기다	**形容詞**	韌、硬

붐비다	**形容詞**	擁擠、壅塞
재떨이	**名詞**	菸灰缸
대짜	**名詞**	大份、大的(東西)

點餐對話

• track 211

🅐 우리 뭘 시킬까?

u.ri/mwol/si.kil.ga

我們要點什麼？

🅑 난 다 괜찮는데 종업원한테 한 번 물어 보자.

nan/da/gwe*n.chan.neun.de/jong.o*.bwon.han.te/han/bo*n/mu.ro*/bo.ja

我都可以，問問服務生吧。

🅐 저기요. 여기 제일 인기있는 메뉴는 뭐예요?

jo*.gi.yo//yo*.gi/je.il/in.gi.in.neun/me.nyu.neun/mwo.ye.yo

服務生，這裡最有名的菜是什麼？

🅒 저희 집에서 감자탕이 맛있습니다. 한 번 드셔 보실래요?

jo*.hi/ji.be.so*/gam.ja.tang.i/ma.sit.sseum.ni.da//han/bo*n/deu.syo*/bo.sil.le*.yo

我們店裡的馬鈴薯排骨湯很好吃，要試試看嗎？

🅑 그럼 감자탕 이인분 주세요.

geu.ro*m/gam.ja.tang/i.in.bun/ju.se.yo

那請給我們兩人份的馬鈴薯排骨湯。

實用會話 - 在咖啡廳

카페에서
在咖啡廳

例 이런 전통적인 찻집은 처음입니다.
i.ro*n/jo*n.tong.jo*.gin/chat.jji.beun/cho*.eu.mim.
ni.da
這種傳統茶店我第一次來。

例 난 카페에서 책 보는 걸 좋아해요.
nan/ka.pe.e.so*/che*k/bo.neun/go*l/jo.a.he*.yo
我喜歡在咖啡廳看書。

例 우리 커피숍에 가서 애기 좀 해요.
u.ri/ko*.pi.syo.be/ga.so*/ye*.gi/jom/he*.yo
我們去咖啡廳聊聊吧。

例 우리 카페에서 만납시다.
u.ri/ka.pe.e.so*/man.nap.ssi.da
我們在咖啡廳見面吧。

例 커피숍에서 친구를 기다리고 있어요.
ko*.pi.syo.be.so*/chin.gu.reul/gi.da.ri.go/i.sso*.yo
我在咖啡廳等朋友。

例 나는 홍차를 좋아해요.
na.neun/hong.cha.reul/jjo.a.he*.yo
我喜歡喝紅茶。

例 이 녹차의 향이 참 좋다.

i/nok.cha.ui/hyang.i/cham/jo.ta

這綠茶的香氣很棒。

例 우리 점심 먹고 커피 한 잔 하러 가시죠?

u.ri/jo*m.sim/mo*k.go/ko*.pi/han/jan/ha.ro*/ga.si.
jyo

我們吃完午餐去喝杯咖啡吧？

例 카라멜마끼아또가 너무 달아서 싫어요.

ka.ra.mel.ma.gi.a.do.ga/no*.mu/da.ra.so*/si.ro*.yo

焦糖瑪奇朵太甜，我不喜歡。

例 카푸치노를 마시고 싶어요.

ka.pu.chi.no.reul/ma.si.go/si.po*.yo

我想喝卡布奇諾。

例 아이스커피 한 잔에 얼마예요?

a.i.seu.ko*.pi/han/ja.ne/o*.l.ma.ye.yo

冰咖啡一杯多少錢？

例 카페모카 있나요?

ka.pe.mo.ka/in.na.yo

有咖啡摩卡嗎？

例 여기 흡연석 자리 있습니까?

yo*.gi/heu.byo*n.so*k/ja.ri/it.sseum.ni.ga

這裡有吸菸區嗎？

例 핫코코아 한 잔 주세요.

hat.ko.ko.a/han/jan/ju.se.yo

請給我一杯熱可可。

例 아메리카노 두 잔하고 카페라떼 한 잔 주
세요.

a.me.ri.ka.no/du/jan.ha.go/ka.pe.ra.de/han/jan/ju.se.yo

請給我兩杯美式咖啡和一杯拿鐵咖啡。

例 물 좀 주시겠어요?

mul/jom/ju.si.ge.sso*.yo

可以給我一杯水嗎？

例 얼음을 많이 넣어 주세요.

o*.reu.meul/ma.ni/no*.o*/ju.se.yo

請多給我一點冰塊。

例 스타벅스 커피는 조금 비싸지만 정말 맛
있어요.

seu.ta.bo*k.sseu/ko*.pi.neun/jo.geum/bi.ssa.ji.man/
jo*ng.mal/ma.si.sso*.yo

星巴克的咖啡雖有點貴但真的很好喝。

例 커피 한 잔 타 줄까요?

ko*.pi/han/jan/ta/jul.ga.yo

要泡杯咖啡給你嗎？

例 녹차나 커피를 마실래요?

nok.cha.na/ko*.pi.reul/ma.sil.le*.yo

要喝杯綠茶或咖啡嗎？

例 커피에 우유를 많이 넣어 주세요.

ko*.pi.e/u.yu.reul/ma.ni/no*.o*/ju.se.yo

請幫我在咖啡裡加牛奶。

例 여기 딸기 주스 있습니까?
yo*.gi/dal.gi/ju.seu/it.sseum.ni.ga
這裡有草莓果汁嗎?

例 유자차를 주문했어요.
yu.ja.cha.reul/jju.mun.he*.sso*.yo
我點了柚子茶。

例 아이스커피 큰 걸로 주세요.
a.i.seu.ko*.pi/keun/go*l.lo/ju.se.yo
請給我大杯的冰咖啡。

例 너무 달지 않게 해 주세요.
no*.mu/dal.jji/an.ke/he*/ju.se.yo
請不要弄得太甜。

例 휘핑크림 좀 많이 올려주세요.
hwi.ping.keu.rim/jom/ma.ni/ol.lyo*.ju.se.yo
鮮奶油請幫我多加一點。

例 휘핑크림은 빼 주세요.
hwi.ping.keu.ri.meun/be*/ju.se.yo
請幫我把鮮奶油拿掉。

生詞不用查

처음	名詞	第一次、初次
얘기를 하다	詞組	聊天、交談
기다리다	動詞	等待
향	名詞	香氣、香味

달다	**形容詞**	甜
흡연석	**名詞**	吸菸席
얼음	**名詞**	冰塊
커피를 타다	**詞組**	泡咖啡
넣다	**動詞**	加入、放入
빼다	**動詞**	拿掉、去除

 在咖啡廳點餐

• track 213

A 주문 도와 드리겠습니다.

ju.mun/do.wa/deu.ri.get.sseum.ni.da

這裡幫您點餐。

B 아메리카노 한 잔하고 카페모카 한 잔 주세요.

a.me.ri.ka.no/han/jan.ha.go/ka.pe.mo.ka/han/jan/ju.se.yo

我要一杯美式咖啡和一杯摩卡咖啡。

A 컵 사이즈는 어떻게 하시겠습니까?

ko*p/sa.i.jeu.neun/o*.do*.ke/ha.si.get.sseum.ni.ga

杯子尺寸要多大呢?

B 중간 컵으로 주세요.

jung.gan/ko*.beu.ro/ju.se.yo

請給我中杯尺寸。

A 알겠습니다. 적립카드 있으십니까?

al.get.sseum.ni.da//jo*ng.nip.ka.deu/i.sseu.sim.ni.ga

好的,您有積分卡嗎?

實用會話 – 在速食店

패스트푸드점에서
在速食店

例 패스트푸드점에서 햄버거를 먹었어요.
pe*.seu.teu.pu.deu.jo*.me.so*/he*m.bo*.go*.reul/
mo*.go*.sso*.yo
我在速食店吃了漢堡。

例 배달시켜 먹을까요?
be*.dal.ssi.kyo*/mo*.geul.ga.yo
我們叫外賣來吃好嗎?

例 이 근처에 패스트푸드점이 있습니까?
i/geun.cho*.e/pe*.seu.teu.pu.deu.jo*.mi/it.sseum.ni.ga
這附近有速食餐飲店嗎?

例 저기 맥도날드가 있네요.
jo*.gi/me*k.do.nal.deu.ga/in.ne.yo
那裡有麥當勞耶!

例 맥도날드보다 버거킹을 더 좋아합니다.
me*k.do.nal.deu.bo.da/bo*.go*.king.eul/do*/jo.a.
ham.ni.da
比起麥當勞,我更喜歡漢堡王。

例 패스트푸드를 많이 먹으면 살 쪄요.
pe*.seu.teu.pu.deu.reul/ma.ni/mo*.geu.myo*n/sal/
jjo*.yo
吃太多速食食品會變胖。

例 이 쿠폰을 사용할 수 있습니까?
i/ku.po.neul/ssa.yong.hal/ssu/it.sseum.ni.ga
可以使用這張優惠券嗎？

例 햄버거 안에 피클을 넣지 마세요.
he*m.bo*.go*/a.ne/pi.keu.reul/no*.chi/ma.se.yo
漢堡裡不要加酸黃瓜。

例 케첩 두 개 주세요.
ke.cho*p/du/ge*/ju.se.yo
請給我兩包番茄醬。

例 삼번 세트로 주세요.
sam.bo*n/se.teu.ro/ju.se.yo
請給我三號餐。

例 치킨 일인분 주세요.
chi.kin/i.rin.bun/ju.se.yo
請給我一人份的炸雞。

例 해피밀 세트를 주문하시면 무료 장난감을
드립니다.
he*.pi.mil/se.teu.reul/jju.mun.ha.si.myo*n/mu.ryo/
jang.nan.ga.meul/deu.rim.ni.da
點快樂兒童餐就會贈送免費的玩具。

例 세트말고 햄버거만 주세요.
se.teu.mal.go/he*m.bo*.go*.man/ju.se.yo
我不要套餐，單點漢堡就好。

例 햄버거에 마요네즈를 넣지 말아 주세요.

he*m.bo*.go*.e/ma.yo.ne.jeu.reul/no*.chi/ma.ra/ju.
se.yo

請不要在漢堡裡加美乃滋。

例 콜라 작은 걸로 주세요.

kol.la/ja.geun/go*l.lo/ju.se.yo

請給我小杯可樂。

例 옥수수스프도 하나 주세요. 가져 갈 겁니다.

ok.ssu.su.seu.peu.do/ha.na/ju.se.yo//ga.jo*/gal/go*
m.ni.da

還要一碗玉米濃湯。我要帶走。

배달	名詞	配送、外送
살이 찌다	詞組	變胖、長肉
사용하다	動詞	使用
피클	名詞	酸黃瓜
세트	名詞	套餐、套裝
장난감	名詞	玩具
가져 가다	動詞	帶走、拿走

在速食店點餐

• track 215

A 뭘 주문하시겠습니까?

mwol/ju.mun.ha.si.get.sseum.ni.ga

您要點什麼餐？

B 소고기 햄버거 두 개와 중간 사이즈 콜라
두 잔 주세요.

so.go.gi/he*m.bo*.go*/du/ge*.wa/jung.gan/sa.i.jeu/
kol.la/du/jan/ju.se.yo

我要兩個牛肉漢堡和兩杯中杯可樂。

B 햄버거 안에는 토마토를 넣지 말아 주세요.

he*m.bo*.go*/a.ne.neun/to.ma.to.reul/no*.chi/ma.
ra/ju.se.yo

請不要在漢堡裡加番茄。

A 알겠습니다. 더 주문을 하실 것이 있습니까?

al.get.sseum.ni.da//do*/ju.mu.neul/ha.sil/go*.si/it.
sseum.ni.ga

好的，還需要加點什麼嗎？

B 그리고 프렌치프라이 큰 거 하나 주세요.

geu.ri.go/peu.ren.chi.peu.ra.i/keun/go*/ha.na/ju.se.
yo

還要一份大份的薯條。

A 여기서 드실 겁니까?

yo*.gi.so*/deu.sil/go*m.ni.ga

您要內用嗎？

B 아니요, 가지고 갈 겁니다.

a.ni.yo//ga.ji.go/gal/go*m.ni.da

不，我要帶走。

實用會話 – 甜食

단 음식
甜食

例 수업 후에 케이크 먹으러 가자.
su.o*p/hu.e/ke.i.keu/mo*.geu.ro*/ga.ja
下課後，我們去吃蛋糕吧！

例 잠깐 케이크 가게에 들렀다 갈게요.
jam.gan/ke.i.keu/ga.ge.e/deul.lo*t.da/gal.ge.yo
我逛一下蛋糕店再過去。

例 이 달달한 향기가 뭐예요?
i/dal.dal.han/hyang.gi.ga/mwo.ye.yo
這甜甜的香氣是什麼？

例 이런 더운 날엔 아이스크림을 먹어야 죠.
i.ro*n/do*.un/na.ren/a.i.seu.keu.ri.meul/mo*.go*.
ya/jyo
這種炎熱的天氣當然要吃冰淇淋囉！

例 디저트로 케이크 먹으러 가요.
di.jo*.teu.ro/ke.i.keu/mo*.geu.ro*/ga.yo
餐後甜點我們去吃蛋糕吧。

例 심심한데 와플이나 먹으러 갈까요?
sim.sim.han.de/wa.peu.ri.na/mo*.geu.ro*/gal.ga.yo
反正也沒事，我們去吃鬆餅好嗎？

例 근처엔 분위기가 좋은 케이크 집이 있어요?
geun.cho*.en/bu.nwi.gi.ga/jo.eun/ke.i.keu/ji.bi/i.
sso*.yo
附近有氣氛不錯的蛋糕店嗎?

例 바닐라맛 아이스크림으로 주세요.
ba.nil.la.mat/a.i.seu.keu.ri.meu.ro/ju.se.yo
請給我香草口味的冰淇淋。

例 이 집에서 제일 인기 있는 케이크는 뭐예
요?
i/ji.be.so*/je.il/in.gi/in.neun/ke.i.keu.neun/mwo.ye.
yo
這家店最受歡迎的蛋糕是什麼?

例 도넛 좀 먹고 싶네요.
do.no*t/jom/mo*k.go/sim.ne.yo
有點想吃甜甜圈耶!

例 이 크레이프는 참 맛있어 보이네요.
i/keu.re.i.peu.neun/cham/ma.si.sso*/bo.i.ne.yo
這個可麗餅看起來好好吃。

例 근처에 팥빙수를 파는 집이 있어요?
geun.cho*.e/pat.bing.su.reul/pa.neun/ji.bi/i.sso*.yo
附近有賣紅豆刨冰的店家嗎?

例 이건 내가 만든 푸딩이야.
i.go*n/ne*.ga/man.deun/pu.ding.i.ya
這是我做的布丁。

例 내가 토스트를 먹으면 초코잼을 발라요.
ne*.ga/to.seu.teu.reul/mo*.geu.myo*n/cho.ko.je*.
meul/bal.la.yo
我吃吐司會塗巧克力醬。

例 맛있는 판나코타를 사 왔어요.
ma.sin.neun/pan.na.ko.ta.reul/ssa/wa.sso*.yo
我買來了好吃的義式奶酪。

生詞不用查

들르다	**動詞**	(途中)順便去
달달하다	**形容詞**	甜甜的
날	**名詞**	日子、天氣
분위기가 좋다	**詞組**	氣氛好
인기가 있다	**詞組**	有人氣、火紅
보이다	**動詞**	看起來、看見
바르다	**動詞**	塗抹、擦上
사 오다	**動詞**	買來

 選擇飯後甜點

• track 217

Ⓐ 디저트로는 뭐가 있죠?
di.jo*.teu.ro.neun/mwo.ga/it.jjyo
飯後甜點有什麼？

B 케이크, 푸딩, 아이스크림, 슈크림 등이 있습니다.

ke.i.keu//pu.ding//a.i.seu.keu.rim//syu.keu.rim/de-ung.i/it.sseum.ni.da

有蛋糕、布丁、冰淇淋和泡芙等。

A 그럼 슈크림으로 주세요.

geu.ro*m/syu.keu.ri.meu.ro/ju.se.yo

那我要泡芙。

B 초코맛하고 딸기맛이 있는데 어떤 맛으로 드릴까요?

cho.ko.ma.ta.go/dal.gi.ma.si/in.neun.de/o*.do*n/ma.seu.ro/deu.ril.ga.yo

有巧克力口味和草莓口味，您要什麼口味的？

A 초코맛으로 주세요.

cho.ko.ma.seu.ro/ju.se.yo

請給我巧克力口味的。

B 알겠습니다. 잠깐만 기다리세요.

al.get.sseum.ni.da//jam.gan.man/gi.da.ri.se.yo

好的，請稍等。

永續圖書
線上購物網

www.foreverbooks.com.tw

◆ 加入會員即享活動及會員折扣。
◆ 每月均有優惠活動，期期不同。
◆ 新加入會員三天內訂購書籍不限本數金額，
　即贈送精選書籍一本。（依網站標示為主）

專業圖書發行、書局經銷、圖書出版

永續圖書總代理：
五觀藝術出版社、培育文化、棋茵出版社、犬拓文化、讀
品文化、雅典文化、知音人文化、手藝家出版社、璞申文
化、智學堂文化、語言鳥文化

活動期內，永續圖書將保留變更或終止該活動之權利及最終決定權。

撒郎嘿喲-你最感興趣的韓語會話

雅致風靡　典藏文化

親愛的顧客您好，感謝您購買這本書。即日起，填寫讀者回函卡寄回至本公司，我們每月將抽出一百名回函讀者，寄出精美禮物並享有生日當月購書優惠！想知道更多更即時的消息，歡迎加入 "永續圖書粉絲團" 您也可以選擇傳真、掃描或用本公司準備的免郵回函寄回，謝謝。

傳真電話：（02）8647-3660　　　電子信箱：yungjiuh@ms45.hinet.net

姓名：	性別：　□男　　□女
出生日期：　　年　　月　　日　電話：	
學歷：　　　　　　　　　　職業：	
E-mail：	
地址：□□□	
從何處購買此書：　　　　　　　　購買金額：　　　　元	

購買本書動機：□封面 □書名□排版 □內容 □作者 □偶然衝動

你對本書的意見：
內容：□滿意□尚可□待改進　編輯：□滿意□尚可□待改進
封面：□滿意□尚可□待改進　定價：□滿意□尚可□待改進

其他建議：

總經銷：永續圖書有限公司

永續圖書線上購物網
www.foreverbooks.com.tw

您可以使用以下方式將回函寄回。

您的回覆，是我們進步的最大動力，謝謝。

① 使用本公司準備的免郵回函寄回。

② 傳真電話：（02）8647-3660

③ 掃描圖檔寄到電子信箱：

　　yungjiuh@ms45.hinet.net

- -

沿此線對折後寄回，謝謝。

廣 告 回 信
基隆郵局登記證
基隆廣字第056號

221-03

 雅典文化事業有限公司　收

新北市汐止區大同路三段194號9樓之1

雅致風靡　典藏文化